AF532220

Rainer Maria Rilke

Als du mich einst gefunden hast

Rainer Maria Rilke

Als du mich einst gefunden hast

Die schönsten Gedichte

Ausgewählt von
Kim Landgraf

Anaconda

Penguin Random House Verlagsgruppe FSC® N001967

8. Auflage

Neumarkter Straße 28, 81673 München
produktsicherheit@penguinrandomhouse.de
(Vorstehende Angaben sind zugleich Pflichtinformationen nach GPSR.)

Umschlagmotiv: Hand drawn flower set, rose collection, © Danussa / Shutterstock
Umschlaggestaltung: www.katjaholst.de
Satz und Layout: Roland Poferl Print-Design, Köln
Druck und Bindung: GGP Media GmbH, Pößneck
Printed in Germany
ISBN 978-3-7306-0421-2
www.anacondaverlag.de

In der Vorstadt

Die Alte oben mit dem heisern Husten,
ja, die ist tot. – Wer war sie? – Du mein Gott,
sie gab uns nichts, – ihr gab man Hohn und Spott …
Kaum, dass die Leute ihren Namen wussten.

Und unten stand der schwarze Kastenwagen.
Die letzte Klasse; als der Totenschrein
sich spreizte, stieß man fluchend ihn hinein,
und dann ward rau die Türe zugeschlagen.

Der Kutscher hieb in seine magern Mähren
und fuhr im Trab so leicht zum Friedhof hin,
als wenn da nicht ein ganzes Leben drin
voll Weh und Glück – und tote Träume wären.

Im Schoss der silberhellen Schneenacht
dort schlummert alles weit und breit,
und nur ein ewig wildes Weh wacht
in einer Seele Einsamkeit.

Du fragst, warum die Seele schwiege,
warum sie's in die Nacht hinaus
nicht gießt? – Sie weiß, wenns ihr entstiege,
es löschte alle Sterne aus.

Die Fenster glühten an dem stillen Haus,
der ganze Garten war voll Rosendüften.
Hoch spannte über weißen Wolkenklüften
der Abend in den unbewegten Lüften
die Schwingen aus.

Ein Glockenton ergoss sich auf die Au …
Lind wie ein Ruf aus himmlischen Bezirken.
Und heimlich über flüstervollen Birken
sah ich die Nacht die ersten Sterne wirken
ins blasse Blau.

O gäbs doch Sterne, die nicht bleichen,
wenn schon der Tag den Ost besäumt;
von solchen Sternen ohnegleichen
hat meine Seele oft geträumt.

Von Sternen, die so milde blinken,
dass dort das Auge landen mag,
das müde ward vom Sonnetrinken
an einem goldnen Sommertag.

Und schlichen hoch ins Weltgetriebe
sich wirklich solche Sterne ein, –
sie müssten der verborgnen Liebe
und allen Dichtern heilig sein.

Mir ist so weh, so weh, als müsste
die ganze Welt in Grau vergehn,
als ob mich die Geliebte küsste
und sprach: Auf Nimmerwiedersehn.

Als ob ich tot wär und im Hirne
mir dennoch wühlte wilde Qual,
weil mir vom Hügel eine Dirne
die letzte, blasse Rose stahl …

Und wie mag die Liebe dir kommen sein?
Kam sie wie ein Sonnen, ein Blütenschnein,
kam sie wie ein Beten? – Erzähle:

Ein Glück löste leuchtend aus Himmeln sich los
und hing mit gefalteten Schwingen groß
an meiner blühenden Seele …

Einen Maitag mit dir beisammen sein,
und selbander verloren ziehn
durch der Blüten duftqualmende Flammenreihn
zu der Laube von weißem Jasmin.

Und von dorten hinaus in den Maiblust schaun,
jeder Wunsch in der Seele so still …
Und ein Glück sich mitten in Mailust baun,
ein großes, – das ists, was ich will …

Im Frühling oder im Traume
bin ich dir begegnet einst,
und jetzt gehn wir zusamm durch den Herbsttag,
und du drückst mir die Hand und weinst.

Weinst du ob der jagenden Wolken?
Ob der blutroten Blätter? Kaum.
Ich fühl es: du warst einmal glücklich
im Frühling oder im Traum …

Advent

Es treibt der Wind im Winterwalde
die Flockenherde wie ein Hirt,
und manche Tanne ahnt, wie balde
sie fromm und lichterheilig wird;
und lauscht hinaus. Den weißen Wegen

streckt sie die Zweige hin – bereit,
und wehrt dem Wind und wächst entgegen
der einen Nacht der Herrlichkeit.

Du meine heilige Einsamkeit,
du bist so reich und rein und weit
wie ein erwachender Garten.
Meine heilige Einsamkeit du –
halte die goldenen Türen zu,
vor denen die Wünsche warten.

Wenn wie ein leises Flügelbreiten
sich in den späten Lüften wiegt, –
ich möchte immer weiter schreiten
bis in das Tal, wo tiefgeschmiegt
an abendrote Einsamkeiten
die Sehnsucht wie ein Garten liegt.

Vielleicht darf ich dich dorten finden,
und zage wird dein erstes Mühn
die wehen Wünsche mir verbinden,
du wirst mich führen tief ins Grün –
und heimlich werden weiße Winden
an meinem staubigen Stabe blühn.

Ich musste denken unverwandt,
wie ich einst zwischen schwarzen Pinien
den tiefen Frühling sinnen fand,
als ich vor deiner Schönheit stand,
und durch der Scheitel dunkle Linien
dein Antlitz träumte wie ein Land.

Es schlich von deiner Lippen Saum
ein Lächeln auf verlornem Pfade –
ganz leis. Die andern merktens kaum.
So weht ein Blatt vom Blütenbaum:
nur Einer schaut die Frühlingsgnade,
und der sie schaut, ist wie im Traum.

Fremd ist, was deine Lippen sagen,
fremd ist dein Haar, fremd ist dein Kleid,
fremd ist, was deine Augen fragen,
und auch aus unsern wilden Tagen
reicht nicht ein leises Wellenschlagen
an deine tiefe Seltsamkeit.

Du bist wie jene Bildgestalten,
die überm leeren Altarspind
noch immer ihre Hände falten,
noch immer alte Kränze halten,

noch immer leise Wunder walten –
wenn längst schon keine Wunder sind.

Die Nacht holt heimlich durch des Vorhangs Falten
aus deinem Haar vergessnen Sonnenschein.
Schau, ich will nichts, als deine Hände halten
und still und gut und voller Frieden sein.

Da wächst die Seele mir, bis sie in Scherben
den Alltag sprengt; sie wird so wunderweit:
An ihren morgenroten Molen sterben
die ersten Wellen der Unendlichkeit.

Ein Händeineinanderlegen,
ein langer Kuss auf kühlen Mund,
und dann: auf schimmerweißen Wegen
durchwandern wir den Wiesengrund.

Durch leisen, weißen Blütenregen
schickt uns der Tag den ersten Kuss, –
mir ist: wir wandeln Gott entgegen,
der durchs Gebreite kommen muss.

Mir war so weh. Ich sah dich blass und bang.
Das war im Traum. Und deine Seele klang.

Ganz leise tönte meine Seele mit,
und beide Seelen sangen sich: Ich litt.

Da wurde Friede tief in mir. Ich lag
im Silberhimmel zwischen Traum und Tag.

Wie meine Träume nach dir schrein.
Wir sind uns mühsam fremd geworden,
jetzt will es mir die Seele morden,
dies arme, bange Einsamsein.

Kein Hoffen, das die Segel bauscht.
Nur diese weite, weiße Stille,
in die mein tatenloser Wille
in atemlosem Bangen lauscht.

Ich ging durch ein Land, durch ein trauriges Land.
Wie auf leerer Wiege ein Wiegenband
lag der blasse Fluss auf dem flachen Sand,
darüber aus nassem Nebelgewand
reckte die Weide die Totenhand.

Mir war so traurig. Ich starrte und stand.
Ich sah dich kauern am Wegesrand.
Einst hab ich dich und das Glück gekannt.
Du weintest wühlend und unverwandt,
und ich fragte dich: Ist das dein Heimatland?

Du nicktest, du nicktest wie traumgebannt …
Da hab ich dich wieder wie einst genannt;
doch dein Bild zerrann mir, dein Bild entschwand.
Die Pappeln kohlten im Abendbrand,
und der Tod ging rot durch dein Heimatland.

Kannst du die alten Lieder noch spielen?
Spiele, Liebling. Sie wehn durch mein Weh
wie die Schiffe mit silbernen Kielen,
die nach heimlichen Inselzielen
treiben im leisen Abendsee.

Und sie landen am Blütengestade,
und der Frühling ist dort so jung.
Und da findet an einsamem Pfade
vergessene Götter in wartender Gnade
meine müde Erinnerung.

MANCHMAL FÜHLT sie: Das Leben ist groß,
wilder, wie Ströme, die schäumen,
wilder, wie Sturm in den Bäumen.
Und leise lässt sie die Stunden los
und schenkt ihre Seele den Träumen.

Dann erwacht sie. Da steht ein Stern
still überm leisen Gelände,
und ihr Haus hat ganz weiße Wände –
Da weiß sie: Das Leben ist fremd und fern –
und faltet die alternden Hände.

ICH MÖCHTE dir ein Liebes schenken,
das dich mir zur Vertrauten macht:
aus meinem Tag ein Deingedenken
und einen Traum aus meiner Nacht.

Mir ist, dass wir uns selig fänden
und dass du dann wie ein Geschmeid
mir löstest aus den müden Händen
die niebegehrte Zärtlichkeit.

Ob auch die Stunden uns wieder entfernen:
wir sind immer beisammen im Traum
wie unter einem aufblühenden Baum.
Wir werden die Worte, die laut sind, verlernen
und von uns reden wie Sterne von Sternen, –
alle lauten Worte verlernen:
wie unter einem aufblühenden Baum.

Leise hör ich dich rufen
in jedem Flüstern und Wehn.
Auf lauter weißen Stufen,
die meine Wünsche sich schufen,
hör ich dein Zu-mir-gehn.

Jetzt weißt du von dem Gefährten,
und dass er dich liebt … das macht:
es blühen in seinen Gärten
die lang vom Licht gekehrten
Blüten, blühn über Nacht …

Der Regen greift mit seinen kühlen
Fingern uns die Fenster blind;
wir lehnen in den tiefen Stühlen

und lauschen, wie aus müden Mühlen
die leise Dämmerstunde rinnt.

Und dann spricht Lou. Und es verneigen
sich unsre Seelen. Auch der Strauß
am Fenster grüßt aus hohen Zweigen,
und wir sind alle heimateigen
in diesem leisen weißen Haus.

Wir lächeln leis im Abendwind,
wenn sich die Blumen schwankend küssen
und wenn die Vögel müde sind.
Weil wir nicht mit der Sonne müssen,
die breit auf flachen Abendflüssen
aus unsern Wiesentalen rinnt.

Wir bleiben, und wir sehn die Nacht
aufwachsen, weit und Wunder werden,
sehn Berge, Bilder und Gebärden
viel größer als wir je gedacht.
Sehn, was die Blüten nicht ertrügen,
was Vögel erst nach langen Flügen
erreichen würden, stellt sich nah
und was am Morgen schon erstarrt
in Stille ist und Gegenwart,
wir kannten es, als es geschah …

Du lächelst leise, und das große
Auge grüßt die Dämmerung.
Die Hände schimmern dir im Schoße
und deine Hände sind so jung.

Sie sind nicht müde, wenn sie rasten;
ein Lauschen nur ist ihre Ruh.
Sie warten wie auf Orgeltasten
einer neuen Hymne zu.

Mir ist, als ob ich alles Licht verlöre.
Der Abend naht und heimlich wird das Haus;
ich breite einsam beide Arme aus,
und keiner sagt mir, wo ich hingehöre.

Wozu hab ich am Tage alle Pracht
gesammelt in den Gärten und den Gassen,
kann ich dir zeigen nicht in meiner Nacht,
wie mich der neue Reichtum größer macht
und wie mir alle Kronen passen?

Es ist ja Frühling. Und der Garten glänzt
vor lauter Licht.
Die Zweige zittern zwar

in tiefer Luft, die Stille selber spricht,
und unser Garten ist wie ein Altar.

Der Abend atmet wie ein Angesicht,
und seine Lieblingswinde liegen dicht
wie deine Hände mir im Haar:
ich bin bekränzt.

Du aber siehst es nicht.
Und da sind alle Feste nicht mehr wahr.

Was hilft es denn, dass ich dir aufbewahre
aus meinem Wandern manches Wunderbare,
das ich empfing, und das mir fremd entglitt –
ich will nicht, dass ich Rosen für dich *spare*,
ich will sie jung in deinem jungen Haare,
und wenn ich *wieder* in den Frühling fahre:
dann musst du mit.

So viele Villen weiß ich jetzt, in denen
kein fremder Fuß die große Stille stört,
so viele Gärten, die sich sonnig sehnen,
mit Abenden, Terrassen und Fontänen,
und manche warme Nacht an Arnolehnen,
die bange ist, weil sie nicht uns gehört.

DAS IST die Sehnsucht: wohnen im Gewoge
und keine Heimat haben in der Zeit.
Und das sind Wünsche: leise Dialoge
täglicher Stunden mit der Ewigkeit.

Und das ist Leben. Bis aus einem Gestern
die einsamste von allen Stunden steigt,
die, anders lächelnd als die andern Schwestern,
dem Ewigen entgegenschweigt.

ICH BIN zu Hause zwischen Tag und Traum.
Dort wo die Kinder schläfern, heiß vom Hetzen,
dort wo die Alten sich zu Abend setzen,
und Herde glühn und hellen ihren Raum.

Ich bin zu Hause zwischen Tag und Traum.
Dort wo die Abendglocken klar verklangen
und Mädchen, vom Verhallenden befangen,
sich müde stützen auf den Brunnensaum.

Und eine Linde ist mein Lieblingsbaum;
und alle Sommer, welche in ihr schweigen,
rühren sich wieder in den tausend Zweigen
und wachen wieder zwischen Tag und Traum.

Du musst das Leben nicht verstehen,
dann wird es werden wie ein Fest.
Und lass dir jeden Tag geschehen
so wie ein Kind im Weitergehen
von jedem Wehen
sich viele Blüten schenken lässt.

Sie aufzusammeln und zu sparen,
das kommt dem Kind nicht in den Sinn.
Es löst sie leise aus den Haaren,
drin sie so gern gefangen waren,
und hält den lieben jungen Jahren
nach neuen seine Hände hin.

Vor lauter Lauschen und Staunen sei still,
du mein tieftiefes Leben;
dass du weißt, was der Wind dir will,
eh noch die Birken beben.

Und wenn dir einmal das Schweigen sprach,
lass deine Sinne besiegen.
Jedem Hauche gib dich, gib nach,
er wird dich lieben und wiegen.

Und dann meine Seele sei weit, sei weit,
dass dir das Leben gelinge,
breite dich wie ein Feierkleid
über die sinnenden Dinge.

Ich liess meinen Engel lange nicht los,
und er verarmte mir in den Armen
und wurde klein, und ich wurde groß:
und auf einmal war ich das Erbarmen,
und er eine zitternde Bitte bloß.

Da hab ich ihm seine Himmel gegeben, –
und er ließ mir das Nahe, daraus er entschwand;
er lernte das Schweben, ich lernte das Leben,
und wir haben langsam einander erkannt …

Seit mich mein Engel nicht mehr bewacht,
kann er frei seine Flügel entfalten
und die Stille der Sterne durchspalten, –
denn er muss meiner einsamen Nacht
nicht mehr die ängstlichen Hände halten –
seit mich mein Engel nicht mehr bewacht.

ERSTE ROSEN erwachen,
und ihr Duften ist zag
wie ein leisleises Lachen;
flüchtig mit schwalbenflachen
Flügeln streift es den Tag;

und wohin du langst,
da ist alles noch Angst.

Jeder Schimmer ist scheu,
und kein Klang ist noch zahm,
und die Nacht ist zu neu,
und die Schönheit ist Scham.

MANCHMAL GESCHIEHT es in tiefer Nacht,
dass der Wind wie ein Kind erwacht,
und er kommt die Allee allein
leise, leise ins Dorf herein.

Und er tastet bis an den Teich,
und dann horcht er herum:
Und die Häuser sind alle bleich,
und die Eichen sind stumm …

Als du mich einst gefunden hast,
da war ich klein, so klein,
und blühte wie ein Lindenast
nur still in dich hinein.

Vor Kleinheit war ich namenlos
und sehnte mich so hin,
bis du mir sagst, dass ich zu groß
für jeden Namen bin:

Da fühl ich, dass ich eines bin
mit Mythe, Mai und Meer,
und wie der Duft des Weines bin
ich deiner Seele schwer …

Der Abend ist mein Buch. Ihm prangen
die Deckel purpurn in Damast;
ich löse seine goldnen Spangen
mit kühlen Händen, ohne Hast.

Und lese seine erste Seite,
beglückt durch den vertrauten Ton, –
und lese leiser seine zweite,
und seine dritte träum ich schon.

Und so ist unser erstes Schweigen:
wir schenken uns dem Wind zu eigen,
und zitternd werden wir zu Zweigen
und horchen in den Mai hinein.
Da ist ein Schatten auf den Wegen,
wir lauschen, – und es rauscht ein Regen:
ihm wächst die ganze Welt entgegen,
um seiner Gnade nah zu sein.

Wir sind ganz angstallein,
haben nur aneinander Halt,
jedes Wort wird wie ein Wald
vor unserm Wandern sein.
Unser Wille ist nur der Wind,
der uns drängt und dreht;
weil wir selber die Sehnsucht sind,
die in Blüten steht.

Ich fürchte mich so vor der Menschen Wort.
Sie sprechen alles so deutlich aus:
Und dieses heißt Hund und jenes heißt Haus,
und hier ist Beginn und das Ende ist dort.

Mich bangt auch ihr Sinn, ihr Spiel mit dem Spott,
sie wissen alles, was wird und war;
kein Berg ist ihnen mehr wunderbar;
ihr Garten und Gut grenzt grade an Gott.

Ich will immer warnen und wehren: Bleibt fern.
Die Dinge singen hör ich so gern.
Ihr rührt sie an: sie sind starr und stumm.
Ihr bringt mir alle die Dinge um.

FÜRCHTE DICH nicht, sind die Astern auch alt,
streut der Sturm auch den welkenden Wald
in den Gleichmut des Sees, –
die Schönheit wächst aus der engen Gestalt;
sie wurde reif, und mit milder Gewalt
zerbricht sie das alte Gefäß.

Sie kommt aus den Bäumen
in mich und in dich,
nicht um zu ruhn;
der Sommer ward ihr zu feierlich.
Aus vollen Früchten flüchtet sie sich
und steigt aus betäubenden Träumen
arm ins tägliche Tun.

Die Weise von liebe und tod des Cornets Christoph Rilke

Geschrieben 1899

»... den 24. November 1663 wurde Otto von Rilke | auf Langenau | Gränitz und Ziegra | zu Linda mit seines in Ungarn gefallenen Bruders Christoph hinterlassenem Antheile am Gute Linda beliehen; doch musste er einen Revers ausstellen | nach welchem die Lehensreichung null und nichtig sein sollte | im Falle sein Bruder Christoph (der nach beigebrachtem Totenschein als Cornet in der Compagnie des Freiherrn von Pirovano des kaiserl. oesterr. Heysterschen Regiments zu Ross .... verstorben war) zurückkehrt ...«

Reiten, reiten, reiten, durch den Tag, durch die Nacht, durch den Tag. Reiten, reiten, reiten.
Und der Mut ist so müde geworden und die Sehnsucht so groß. Es gibt keine Berge mehr, kaum einen Baum. Nichts wagt aufzustehen. Fremde Hütten hocken durstig an versumpften Brunnen. Nirgends ein Turm. Und immer das gleiche Bild. Man hat zwei Augen zu viel. Nur in der Nacht manchmal glaubt man den Weg zu kennen. Vielleicht kehren wir nächtens immer wieder das Stück zurück, das wir in der fremden Sonne mühsam gewonnen haben? Es kann sein. Die Sonne ist schwer, wie bei uns tief im Sommer. Aber wir haben im Sommer Abschied genommen. Die Kleider der Frauen leuchteten lang aus dem Grün. Und nun rei-

ten wir lang. Es muss also Herbst sein. Wenigstens dort, wo traurige Frauen von uns wissen.

Der von Langenau rückt im Sattel und sagt: »Herr Marquis ...«
Sein Nachbar, der kleine feine Franzose, hat erst drei Tage lang gesprochen und gelacht. Jetzt weiß er nichts mehr. Er ist wie ein Kind, das schlafen möchte. Staub bleibt auf seinem feinen weißen Spitzenkragen liegen; er merkt es nicht. Er wird langsam welk in seinem samtenen Sattel.
Aber der von Langenau lächelt und sagt: »Ihr habt seltsame Augen, Herr Marquis. Gewiss seht Ihr Eurer Mutter ähnlich –«
Da blüht der Kleine noch einmal auf und stäubt seinen Kragen ab und ist wie neu.

Jemand erzählt von seiner Mutter. Ein Deutscher offenbar. Laut und langsam setzt er seine Worte. Wie ein Mädchen, das Blumen bindet, nachdenklich Blume um Blume probt und noch nicht weiß, was aus dem Ganzen wird –: so fügt er seine Worte. Zu Lust? Zu Leide? Alle lauschen. Sogar das Spucken hört auf. Denn es sind lauter Herren, die wissen, was sich gehört. Und wer das Deutsche nicht kann in dem Haufen, der versteht es auf einmal, fühlt einzelne Worte: »Abends« ... »Klein war ...«

Da sind sie alle einander nah, diese Herren, die aus Frankreich kommen und aus Burgund, aus den Niederlanden, aus Kärntens

Tälern, von den böhmischen Burgen und vom Kaiser Leopold. Denn was der Eine erzählt, das haben auch sie erfahren und gerade so. Als ob es nur *eine* Mutter gäbe …

So reitet man in den Abend hinein, in irgendeinen Abend. Man schweigt wieder, aber man hat die lichten Worte mit. Da hebt der Marquis den Helm ab. Seine dunklen Haare sind weich und, wie er das Haupt senkt, dehnen sie sich frauenhaft auf seinem Nacken. Jetzt erkennt auch der von Langenau: Fern ragt etwas in den Glanz hinein, etwas Schlankes, Dunkles. Eine einsame Säule, halbverfallen. Und wie sie lange vorüber sind, später, fällt ihm ein, dass das eine Madonna war.

Wachtfeuer. Man sitzt rundumher und wartet. Wartet, dass einer singt. Aber man ist so müd. Das rote Licht ist schwer. Es liegt auf den staubigen Schuhn. Es kriecht bis an die Knie, es schaut in die gefalteten Hände hinein. Es hat keine Flügel. Die Gesichter sind dunkel. Dennoch leuchten eine Weile die Augen des kleinen Franzosen mit eigenem Licht. Er hat eine kleine Rose geküsst, und nun darf sie weiterwelken an seiner Brust. Der von Langenau hat es gesehen, weil er nicht schlafen kann. Er denkt: Ich habe keine Rose, keine.
Dann singt er. Und das ist ein altes trauriges Lied, das zu Hause die Mädchen auf den Feldern singen, im Herbst, wenn die Ernten zu Ende gehen.

Sagt der kleine Marquis: »Ihr seid sehr jung, Herr?«
Und der von Langenau, in Trauer halb und halb in Trotz: »Achtzehn.«
Dann schweigen sie.
Später fragt der Franzose: »Habt Ihr auch eine Braut daheim, Herr Junker?«
»Ihr?«, gibt der von Langenau zurück.
»Sie ist blond wie Ihr.«
Und sie schweigen wieder, bis der Deutsche ruft: »Aber zum Teufel, warum sitzt Ihr denn dann im Sattel und reitet durch dieses giftige Land den türkischen Hunden entgegen?«
Der Marquis lächelt. »Um wiederzukehren.«
Und der von Langenau wird traurig. Er denkt an ein blondes Mädchen, mit dem er spielte. Wilde Spiele. Und er möchte nach Hause, für einen Augenblick nur, nur für so lange, als es braucht, um die Worte zu sagen: »Magdalena, – dass ich immer *so war*, verzeih!«
Wie – war? denkt der junge Herr. – Und sie sind weit.

Einmal, am Morgen, ist ein Reiter da, und dann ein zweiter, vier, zehn. Ganz in Eisen, groß. Dann tausend dahinter: Das Heer.
Man muss sich trennen.
»Kehrt glücklich heim, Herr Marquis. –«
»Die Maria schützt Euch, Herr Junker.«
Und sie können nicht voneinander. Sie sind Freunde auf einmal, Brüder. Haben einander mehr zu vertrauen; denn sie wissen

schon so viel Einer vom Andern. Sie zögern. Und ist Hast und Hufschlag um sie. Da streift der Marquis den großen rechten Handschuh ab. Er holt die kleine Rose hervor, nimmt ihr ein Blatt. Als ob man eine Hostie bricht.
»Das wird Euch beschirmen. Lebt wohl.«
Der von Langenau staunt. Lange schaut er dem Franzosen nach. Dann schiebt er das fremde Blatt unter den Waffenrock. Und es treibt auf und ab auf den Wellen seines Herzens. Hornruf. Er reitet zum Heer, der Junker. Er lächelt traurig: ihn schützt eine fremde Frau.

Ein Tag durch den Tross. Flüche, Farben, Lachen –: davon blendet das Land. Kommen bunte Buben gelaufen. Raufen und Rufen. Kommen Dirnen mit purpurnen Hüten im flutenden Haar. Winken. Kommen Knechte, schwarzeisern wie wandernde Nacht. Packen die Dirnen heiß, dass ihnen die Kleider zerreißen. Drücken sie an den Trommelrand. Und von der wilderen Gegenwehr hastiger Hände werden die Trommeln wach, wie im Traum poltern sie, poltern –. Und abends halten sie ihm Laternen her, seltsame: Wein, leuchtend in eisernen Hauben. Wein? Oder Blut? – Wer kanns unterscheiden?

Endlich vor Spork. Neben seinem Schimmel ragt der Graf. Sein langes Haar hat den Glanz des Eisens.
Der von Langenau hat nicht gefragt. Er erkennt den General, schwingt sich vom Ross und verneigt sich in einer Wolke Staub.

Er bringt ein Schreiben mit, das ihn empfehlen soll beim Grafen. Der aber befiehlt: »Lies mir den Wisch.« Und seine Lippen haben sich nicht bewegt. Er braucht sie nicht dazu; sind zum Fluchen gerade gut genug. Was drüber hinaus ist, redet die Rechte. Punktum. Und man sieht es ihr an. Der junge Herr ist längst zu Ende. Er weiß nicht mehr, wo er steht. Der Spork ist vor Allem. Sogar der Himmel ist fort. Da sagt Spork, der große General:
»Cornct.«
Und das ist viel.

Die Kompagnie liegt jenseits der Raab. Der von Langenau reitet hin, allein. Ebene. Abend. Der Beschlag vorn am Sattel glänzt durch den Staub. Und dann steigt der Mond. Er sieht es an seinen Händen.
Er träumt.
Aber da schreit es ihn an.
Schreit, schreit,
zerreißt ihm den Traum.
Das ist keine Eule. Barmherzigkeit:
der einzige Baum
schreit ihn an:
Mann!
Und er schaut: es bäumt sich. Es bäumt sich ein Leib
den Baum entlang, und ein junges Weib,
blutig und bloß,
fällt ihn an: Mach mich los!

Und er springt hinab in das schwarze Grün
und durchhaut die heißen Stricke;
und er sieht ihre Blicke glühn
und ihre Zähne beißen.

Lacht sie?

Ihn graust.
Und er sitzt schon zu Ross
und jagt in die Nacht. Blutige Schnüre fest in der Faust.

Der von Langenau schreibt einen Brief, ganz in Gedanken. Langsam malt er mit großen, ernsten, aufrechten Lettern:

»Meine gute Mutter,
»seid stolz: Ich trage die Fahne,
»seid ohne Sorge: Ich trage die Fahne,
»habt mich lieb: Ich trage die Fahne –«

Dann steckt er den Brief zu sich in den Waffenrock, an die heimlichste Stelle, neben das Rosenblatt. Und denkt: er wird bald duften davon. Und denkt: vielleicht findet ihn einmal Einer … Und denkt: ….; denn der Feind ist nah.

Sie reiten über einen erschlagenen Bauer. Er hat die Augen weit offen und Etwas spiegelt sich drin; kein Himmel. Später heulen

Hunde. Es kommt also ein Dorf, endlich. Und über den Hütten steigt steinern ein Schloss. Breit hält sich ihnen die Brücke hin. Groß wird das Tor. Hoch willkommt das Horn. Horch: Poltern, Klirren und Hundegebell! Wiehern im Hof, Hufschlag und Ruf.

Rast! Gast sein einmal. Nicht immer selbst seine Wünsche bewirten mit kärglicher Kost. Nicht immer *feindlich* nach allem fassen; einmal sich alles geschehen lassen und wissen: was geschieht, ist gut. Auch der Mut muss einmal sich strecken und sich am Saume seidener Decken in sich selber überschlagen. Nicht immer Soldat sein. Einmal die Locken offen tragen und den weiten offenen Kragen und in seidenen Sesseln sitzen und bis in die Fingerspitzen *so*: nach dem Bad sein. Und wieder erst lernen, was Frauen sind. Und wie die weißen tun und wie die blauen sind; was für Hände sie haben, wie sie ihr Lachen singen, wenn blonde Knaben die schönen Schalen bringen, von saftigen Früchten schwer.

Als Mahl beganns. Und ist ein Fest geworden, kaum weiß man wie. Die hohen Flammen flackten, die Stimmen schwirrten, wirre Lieder klirrten aus Glas und Glanz, und endlich aus den reifgewordnen Takten: entsprang der Tanz. Und alle riss er hin. Das war ein Wellenschlagen in den Sälen, ein Sich-Begegnen und ein Sich-Erwählen, ein Abschiednehmen und ein Wiederfinden, ein Glanzgenießen und ein Lichterblinden und ein Sich-Wiegen in den Sommerwinden, die in den Kleidern warmer Frauen sind.

Aus dunklem Wein und tausend Rosen rinnt die Stunde rauschend in den Traum der Nacht.

Und Einer steht und staunt in diese Pracht. Und er ist so geartet, dass er wartet, ob er erwacht. Denn nur im Schlafe schaut man solchen Staat und solche Feste solcher Frauen: ihre kleinste Geste ist eine Falte, fallend in Brokat. Sie bauen Stunden auf aus silbernen Gesprächen, und manchmal heben sie die Hände so –, und du musst meinen, dass sie irgendwo, wo du nicht hinreichst, sanfte Rosen brächen, die du nicht siehst. Und da träumst du: Geschmückt sein mit ihnen und anders beglückt sein und dir eine Krone verdienen für deine Stirne, die leer ist.

Einer, der weiße Seide trägt, erkennt, dass er nicht erwachen kann; denn er ist wach und verwirrt von Wirklichkeit. So flieht er bange in den Traum und steht im Park, einsam im schwarzen Park. Und das Fest ist fern. Und das Licht lügt. Und die Nacht ist nahe um ihn und kühl. Und er fragt eine Frau, die sich zu ihm neigt:
»Bist Du die Nacht?«
Sie lächelt.
Und da schämt er sich für sein weißes Kleid.
Und möchte weit und allein und in Waffen sein.
Ganz in Waffen.

»Hast Du vergessen, dass Du mein Page bist für diesen Tag? Verlässest Du mich? Wo gehst Du hin? Dein weißes Kleid gibt mir Dein Recht – .«

\- -

»Sehnt es Dich nach Deinem rauen Rock?«

\- -

»Frierst Du? – Hast Du Heimweh?«
Die Gräfin lächelt.
Nein. Aber das ist nur, weil das Kindsein ihm von den Schultern gefallen ist, dieses sanfte dunkle Kleid. Wer hat es fortgenommen? »Du?«, fragt er mit einer Stimme, die er noch nicht gehört hat. »Du!«,
Und nun ist nichts an ihm. Und er ist nackt wie ein Heiliger. Hell und schlank.

Langsam lischt das Schloss aus. Alle sind schwer: müde oder verliebt oder trunken. Nach so vielen leeren, langen Feldnächten: Betten. Breite eichene Betten. Da betet sichs anders als in der lumpigen Furche unterwegs, die, wenn man einschlafen will, wie ein Grab wird.

»Herrgott, wie Du willst!«
Kürzer sind die Gebete im Bett.
Aber inniger.

Die Turmstube ist dunkel.
Aber sie leuchten sich ins Gesicht mit ihrem Lächeln. Sie tasten vor sich her wie Blinde und finden den Andern wie eine Tür. Fast wie Kinder, die sich vor der Nacht ängstigen, drängen sie sich in einander ein. Und doch fürchten sie sich nicht. Da ist nichts, was gegen sie wäre: kein Gestern, kein Morgen; denn die Zeit ist eingestürzt. Und sie blühen aus ihren Trümmern.
Er fragt nicht: »Dein Gemahl?«
Sie fragt nicht: »Dein Namen?«
Sie haben sich ja gefunden, um einander ein neues Geschlecht zu sein.
Sie werden sich hundert neue Namen geben und einander alle wieder abnehmen, leise, wie man einen Ohrring abnimmt.

Im Vorsaal über einem Sessel hangt der Waffenrock, das Bandelier und der Mantel von dem von Langenau. Seine Handschuhe liegen auf dem Fußboden. Seine Fahne steht steil, gelehnt an das Fensterkreuz. Sie ist schwarz und schlank. Draußen jagt ein Sturm über den Himmel hin und macht Stücke aus der Nacht, weiße und schwarze. Der Mondschein geht wie ein langer Blitz vorbei, und die reglose Fahne hat unruhige Schatten. Sie träumt.

War ein Fenster offen? Ist der Sturm im Haus? Wer schlägt die Türen zu? Wer geht durch die Zimmer? – Lass. Wer es auch sei. Ins Turmgemach findet er nicht. Wie hinter hundert Türen ist dieser große Schlaf, den zwei Menschen gemeinsam haben; so gemeinsam wie *eine* Mutter oder *einen* Tod.

Ist das der Morgen? Welche Sonne geht auf? Wie groß ist die Sonne. Sind das Vögel? Ihre Stimmen sind überall.
Alles ist hell, aber es ist kein Tag.
Alles ist laut, aber es sind nicht Vogelstimmen.
Das sind die Balken, die leuchten. Das sind die Fenster, die schrein. Und sie schrein, rot, in die Feinde hinein, die draußen stehn im flackernden Land, schrein: Brand.
Und mit zerrissenem Schlaf im Gesicht drängen sich alle, halb Eisen, halb nackt, von Zimmer zu Zimmer, von Trakt zu Trakt und suchen die Treppe.
Und mit verschlagenem Atem stammeln Hörner im Hof:
Sammeln, sammeln!
Und bebende Trommeln.

Aber die Fahne ist nicht dabei.
Rufe: Cornet!
Rasende Pferde, Gebete, Geschrei,
Flüche: Cornet!
Eisen an Eisen, Befehl und Signal;
Stille: Cornet!
Und noch ein Mal: Cornet!
Und heraus mit der brausenden Reiterei.
– –
Aber die Fahne ist nicht dabei.

Er läuft um die Wette mit brennenden Gängen, durch Türen, die ihn glühend umdrängen, über Treppen, die ihn versengen, bricht er aus aus dem rasenden Bau. Auf seinen Armen trägt er die Fahne wie eine weiße, bewusstlose Frau. Und er findet ein Pferd, und es ist wie ein Schrei: über alles dahin und an allem vorbei, auch an den Seinen. Und da kommt auch die Fahne wieder zu sich und niemals war sie so königlich; und jetzt sehn sie sie alle, fern voran, und erkennen den hellen, helmlosen Mann und erkennen die Fahne …

Aber da fängt sie zu scheinen an, wirft sich hinaus und wird groß und rot …

– –

Da brennt ihre Fahne mitten im Feind, und sie jagen ihr nach.

Der von Langenau ist tief im Feind, aber ganz allein. Der Schrecken hat um ihn einen runden Raum gemacht, und er hält, mitten drin, unter seiner langsam verlodernden Fahne.

Langsam, fast nachdenklich, schaut er um sich. Es ist viel Fremdes, Buntes vor ihm. Gärten – denkt er und lächelt. Aber da fühlt er, dass Augen ihn halten, und erkennt Männer und weiß, dass es die heidnischen Hunde sind –: und wirft sein Pferd mitten hinein.

Aber, als es jetzt hinter ihm zusammenschlägt, sind es doch wieder Gärten, und die sechzehn runden Säbel, die auf ihn zuspringen, Strahl um Strahl, sind ein Fest. Eine lachende Wasserkunst.

Der Waffenrock ist im Schlosse verbrannt, der Brief und das Rosenblatt einer fremden Frau. –

Im nächsten Frühjahr (es kam traurig und kalt) ritt ein Kurier des Freiherrn von Pirovano langsam in Langenau ein. Dort hat er eine alte Frau weinen sehen.

*

Ich lebe mein Leben in wachsenden Ringen,
die sich über die Dinge ziehn.
Ich werde den letzten vielleicht nicht vollbringen,
aber versuchen will ich ihn.

Ich kreise um Gott, um den uralten Turm,
und ich kreise jahrtausendelang;
und ich weiß noch nicht: bin ich ein Falke, ein Sturm
oder ein großer Gesang.

Wenn es nur einmal so ganz stille wäre.
Wenn das Zufällige und Ungefähre
verstummte und das nachbarliche Lachen,
wenn das Geräusch, das meine Sinne machen,
mich nicht so sehr verhinderte am Wachen –:

Dann könnte ich in einem tausendfachen
Gedanken bis an deinen Rand dich denken

und dich besitzen (nur ein Lächeln lang),
um dich an alles Leben zu verschenken
wie einen Dank.

Ich lese es heraus aus deinem Wort,
aus der Geschichte der Gebärden,
mit welchen deine Hände um das Werden
sich ründeten, begrenzend, warm und weise.
Du sagtest *leben* laut und *sterben* leise
und wiederholtest immer wieder: *Sein*.
Doch vor dem ersten Tode kam der Mord.
Da ging ein Riss durch deine reifen Kreise
und ging ein Schrein
und riss die Stimmen fort,
die eben erst sich sammelten
um dich zu sagen,
um dich zu tragen
alles Abgrunds Brücke –

Und was sie seither stammelten,
sind Stücke
deines alten Namens.

Du Dunkelheit, aus der ich stamme,
ich liebe dich mehr als die Flamme,
welche die Welt begrenzt,
indem sie glänzt
für irgendeinen Kreis,
aus dem heraus kein Wesen von ihr weiß.

Aber die Dunkelheit hält alles an sich:
Gestalten und Flammen, Tiere und mich,
wie sie's errafft,
Menschen und Mächte –

Und es kann sein: eine große Kraft
rührt sich in meiner Nachbarschaft.

Ich glaube an Nächte.

Du bist so groß, dass ich schon nicht mehr bin,
wenn ich mich nur in deine Nähe stelle.
Du bist so dunkel; meine kleine Helle
an deinem Saum hat keinen Sinn.
Dein Wille geht wie eine Welle
und jeder Tag ertrinkt darin.

Nur meine Sehnsucht ragt dir bis ans Kinn
und steht vor dir wie aller Engel größter:
ein fremder, bleicher und noch unerlöster,
und hält dir seine Flügel hin.

Er will nicht mehr den uferlosen Flug,
an dem die Monde blass vorüberschwammen,
und von den Welten weiß er längst genug.
Mit seinen Flügeln will er wie mit Flammen
vor deinem schattigen Gesichte stehn
und will bei ihrem weißen Scheine sehn,
ob deine grauen Brauen ihn verdammen.

So viele Engel suchen dich im Lichte
und stoßen mit den Stirnen nach den Sternen
und wollen dich aus jedem Glanze lernen.
Mir aber ist, sooft ich von dir dichte,
dass sie mit abgewendetem Gesichte
von deines Mantels Falten sich entfernen.

Denn du warst selber nur ein Gast des Golds.
Nur einer Zeit zuliebe, die dich flehte
in ihre klaren marmornen Gebete,
erschienst du wie der König der Komete,
auf deiner Stirne Strahlenströme stolz.

Du kehrtest heim, da jene Zeit zerschmolz.

Ganz dunkel ist dein Mund, von dem ich wehte,
und deine Hände sind von Ebenholz.

Was wirst du tun, Gott, wenn ich sterbe?
Ich bin dein Krug (wenn ich zerscherbe?)
Ich bin dein Trank (wenn ich verderbe?)
Bin dein Gewand und dein Gewerbe,
mit mir verlierst du deinen Sinn.

Nach mir hast du kein Haus, darin
dich Worte, nah und warm, begrüßen.
Es fällt von deinen müden Füßen
die Samtsandale, die ich bin.

Dein großer Mantel lässt dich los.
Dein Blick, den ich mit meiner Wange
warm, wie mit einem Pfühl, empfange,
wird kommen, wird mich suchen, lange –
und legt beim Sonnenuntergange
sich fremden Steinen in den Schoß.

Was wirst du tun, Gott? Ich bin bange.

Ich habe Hymnen, die ich schweige.
Es gibt ein Aufgerichtetsein,
darin ich meine Sinne neige:
du siehst mich groß und ich bin klein.
Du kannst mich dunkel unterscheiden
von jenen Dingen, welche knien;
sie sind wie Herden und sie weiden,
ich bin der Hirt am Hang der Heiden,
vor welchem sie zu Abend ziehn.
Dann komm ich hinter ihnen her
und höre dumpf die dunklen Brücken,
und in dem Rauch von ihren Rücken
verbirgt sich meine Wiederkehr.

Gott spricht zu jedem nur, eh er ihn macht,
dann geht er schweigend mit ihm aus der Nacht.
Aber die Worte, eh jeder beginnt,
diese wolkigen Worte, sind:

Von deinen Sinnen hinausgesandt,
geh bis an deiner Sehnsucht Rand;
gib mir Gewand.

Hinter den Dingen wachse als Brand,
dass ihre Schatten, ausgespannt,
immer mich ganz bedecken.

Lass dir Alles geschehn: Schönheit und Schrecken.
Man muss nur gehn: Kein Gefühl ist das fernste.
Lass dich von mir nicht trennen.
Nah ist das Land,
das sie das Leben nennen.

Du wirst es erkennen
an seinem Ernste.

Gib mir die Hand.

So bin ich nur als Kind erwacht,
so sicher im Vertraun
nach jeder Angst und jeder Nacht
dich wieder anzuschaun.
Ich weiß, sooft mein Denken misst,
wie tief, wie lang, wie weit –:
du aber bist und bist und bist,
umzittert von der Zeit.

Mir ist, als wär ich jetzt zugleich
Kind, Knab und Mann und mehr.
Ich fühle: nur der Ring ist reich
durch seine Wiederkehr.

Ich danke dir, du tiefe Kraft,
die immer leiser mit mir schafft

wie hinter vielen Wänden;
jetzt ward mir erst der Werktag schlicht
und wie ein heiliges Gesicht
zu meinen dunklen Händen.

DASS ICH nicht war vor einer Weile,
weißt du davon? Und du sagst nein.
Da fühl ich, wenn ich nur nicht eile,
so kann ich nie vergangen sein.

Ich bin ja mehr als Traum im Traume.
Nur was sich sehnt nach einem Saume,
ist wie ein Tag und wie ein Ton;
es drängt sich fremd durch deine Hände,
dass es die viele Freiheit fände,
und traurig lassen sie davon.

So blieb das Dunkel dir allein,
und, wachsend in die leere Lichte,
erhob sich eine Weltgeschichte
aus immer blinderem Gestein.
Ist einer noch, der daran baut?
Die Massen wollen wieder Massen,
die Steine sind wie losgelassen

und keiner ist von dir behauen ..

Lösch mir die Augen aus: ich kann dich sehn,
wirf mir die Ohren zu: ich kann dich hören,
und ohne Füße kann ich zu dir gehn,
und ohne Mund noch kann ich dich beschwören.
Brich mir die Arme ab, ich fasse dich
mit meinem Herzen wie mit einer Hand,
halt mir das Herz zu, und mein Hirn wird schlagen,
und wirfst du in mein Hirn den Brand,
so werd ich dich auf meinem Blute tragen.

Du bist die Zukunft, großes Morgenrot
über den Ebenen der Ewigkeit.
Du bist der Hahnschrei nach der Nacht der Zeit,
der Tau, die Morgenmette und die Maid,
der fremde Mann, die Mutter und der Tod.

Du bist die sich verwandelnde Gestalt,
die immer einsam aus dem Schicksal ragt,
die unbejubelt bleibt und unbeklagt
und unbeschrieben wie ein wilder Wald.

Du bist der Dinge tiefer Inbegriff,
der seines Wesens letztes Wort verschweigt
und sich den Andern immer anders zeigt:
dem Schiff als Küste und dem Land als Schiff.

Jetzt reifen schon die roten Berberitzen,
alternde Astern atmen schwach im Beet.
Wer jetzt nicht reich ist, da der Sommer geht,
wird immer warten und sich nie besitzen.

Wer jetzt nicht seine Augen schließen kann,
gewiss, dass eine Fülle von Gesichten
in ihm nur wartet bis die Nacht begann,
um sich in seinem Dunkel aufzurichten: –
der ist vergangen wie ein alter Mann.

Dem kommt nichts mehr, dem stößt kein Tag mehr zu,
und alles lügt ihn an, was ihm geschieht;
auch du, mein Gott. Und wie ein Stein bist du,
welcher ihn täglich in die Tiefe zieht.

Denn, Herr, die großen Städte sind
verlorene und aufgelöste;
wie Flucht vor Flammen ist die größte, –
und ist kein Trost, dass er sie tröste,
und ihre kleine Zeit verrinnt.

Da leben Menschen, leben schlecht und schwer,
in tiefen Zimmern, bange von Gebärde,
geängsteter denn eine Erstlingsherde;
und draußen wacht und atmet deine Erde,
sie aber sind und wissen es nicht mehr.

Da wachsen Kinder auf an Fensterstufen,
die immer in demselben Schatten sind,
und wissen nicht, dass draußen Blumen rufen
zu einem Tag voll Weite, Glück und Wind, –
und müssen Kind sein und sind traurig Kind.

Da blühen Jungfraun auf zum Unbekannten
und sehnen sich nach ihrer Kindheit Ruh;
das aber ist nicht da, wofür sie brannten,
und zitternd schließen sie sich wieder zu.
Und haben in verhüllten Hinterzimmern
die Tage der enttäuschten Mutterschaft,
der langen Nächte willenloses Wimmern
und kalte Jahre ohne Kampf und Kraft.
Und ganz im Dunkel stehn die Sterbebetten,
und langsam sehnen sie sich dazu hin;
und sterben lange, sterben wie in Ketten
und gehen aus wie eine Bettlerin.

DENN WIR sind nur die Schale und das Blatt.
Der große Tod, den jeder in sich hat,
das ist die Frucht, um die sich alles dreht.

Um ihretwillen heben Mädchen an
und kommen wie ein Baum aus einer Laute,

und Knaben sehnen sich um sie zum Mann;
und Frauen sind den Wachsenden Vertraute
für Ängste, die sonst niemand nehmen kann.
Um ihretwillen *bleibt* das Angeschaute
wie Ewiges, auch wenn es lang verrann, –
und jeder, welcher bildete und baute,
ward Welt um diese Frucht, und fror und taute
und windete ihr zu und schien sie an.
In sie ist eingegangen alle Wärme
der Herzen und der Hirne weißes Glühn –:
Doch deine Engel ziehn wie Vogelschwärme,
und sie erfanden alle Früchte grün.

Aus einem April

Wieder duftet der Wald.
Es heben die schwebenden Lerchen
mit sich den Himmel empor, der unseren Schultern schwer war;
zwar sah man noch durch die Äste den Tag, wie er leer war, –
aber nach langen, regnenden Nachmittagen
kommen die goldübersonnten
neueren Stunden,
vor denen flüchtend an fernen Häuserfronten
alle die wunden
Fenster furchtsam mit Flügeln schlagen.

Dann wird es still. Sogar der Regen geht leiser
über der Steine ruhig dunkelnden Glanz.
Alle Geräusche ducken sich ganz
in die glänzenden Knospen der Reiser.

Das Lied der Bildsäule

Wer ist es, wer mich so liebt, dass er
sein liebes Leben verstößt?
Wenn einer für mich ertrinkt im Meer,
so bin ich vom Steine zur Wiederkehr
ins Leben, ins Leben erlöst.

Ich sehne mich so nach dem rauschenden Blut;
der Stein ist so still.
Ich träume vom Leben: das Leben ist gut.
Hat keiner den Mut,
durch den ich erwachen will?

Und werd ich einmal im Leben sein,
das mir alles Goldenste gibt, –
– – – – – – – – – – – – – – – –
so werd ich allein
weinen, weinen nach meinem Stein.
Was hilft mir mein Blut, wenn es reift wie der Wein?

Es kann aus dem Meer nicht den Einen schrein,
der mich am meisten geliebt.

Die Liebende

Ja ich sehne mich nach dir. Ich gleite
mich verlierend selbst mir aus der Hand,
ohne Hoffnung, dass ich Das bestreite,
was zu mir kommt wie aus deiner Seite
ernst und unbeirrt und unverwandt.

… jene Zeiten: O wie war ich Eines,
nichts was rief und nichts was mich verriet;
meine Stille war wie eines Steines,
über den der Bach sein Murmeln zieht.

Aber jetzt in diesen Frühlingswochen
hat mich etwas langsam abgebrochen
von dem unbewussten dunkeln Jahr.
Etwas hat mein armes warmes Leben
irgendeinem in die Hand gegeben,
der nicht weiß was ich noch gestern war.

Die Braut

Ruf mich, Geliebter, ruf mich laut!
Lass deine Braut nicht so lange am Fenster stehn.
In den alten Platanenalleen
wacht der Abend nicht mehr:
sie sind leer.

Und kommst du mich nicht in das nächtliche Haus
mit deiner Stimme verschließen,
so muss ich mich aus meinen Händen hinaus
in die Gärten des Dunkelblaus
ergießen …

Die Stille

Hörst du, Geliebte, ich hebe die Hände –
hörst du: es rauscht …
Welche Gebärde der Einsamen fände
sich nicht von vielen Dingen belauscht?
Hörst du, Geliebte, ich schließe die Lider,
und auch *das* ist Geräusch bis zu dir.
Hörst du, Geliebte, ich hebe sie wieder …
… aber warum bist du nicht hier.

Der Abdruck meiner kleinsten Bewegung
bleibt in der seidenen Stille sichtbar;
unvernichtbar drückt die geringste Erregung
in den gespannten Vorhang der Ferne sich ein.
Auf meinen Atemzügen heben und senken
die Sterne sich.
Zu meinen Lippen kommen die Düfte zur Tränke,
und ich erkenne die Handgelenke
entfernter Engel.
Nur die ich denke: Dich
seh ich nicht.

Die Engel

Sie haben alle müde Münde
und helle Seelen ohne Saum.
Und eine Sehnsucht (wie nach Sünde)
geht ihnen manchmal durch den Traum.

Fast gleichen sie einander alle;
in Gottes Gärten schweigen sie,
wie viele, viele Intervalle
in seiner Macht und Melodie.

Nur wenn sie ihre Flügel breiten,
sind sie die Wecker eines Winds:

als ginge Gott mit seinen weiten
Bildhauerhänden durch die Seiten
im dunklen Buch des Anbeginns.

Der Schutzengel

Du bist der Vogel, dessen Flügel kamen,
wenn ich erwachte in der Nacht und rief.
Nur mit den Armen rief ich, denn dein Namen
ist wie ein Abgrund, tausend Nächte tief.
Du bist der Schatten, drin ich still entschlief,
und jeden Traum ersinnt in mir dein Samen, –
du bist das Bild, ich aber bin der Rahmen,
der dich ergänzt in glänzendem Relief.

Wie nenn ich dich? Sieh, meine Lippen lahmen.
Du bist der Anfang, der sich groß ergießt,
ich bin das langsame und bange Amen,
das deine Schönheit scheu beschließt.

Du hast mich oft aus dunklem Ruhn gerissen,
wenn mir das Schlafen wie ein Grab erschien
und wie Verlorengehen und Entfliehn, –
da hobst du mich aus Herzensfinsternissen
und wolltest mich auf allen Türmen hissen
wie Scharlachfahnen und wie Draperien.

Du: der von Wundern redet wie vom Wissen
und von den Menschen wie von Melodien
und von den Rosen: von Ereignissen,
die flammend sich in deinem Blick vollziehn, –
du Seliger, wann nennst du einmal Ihn,
aus dessen siebentem und letztem Tage
noch immer Glanz auf deinem Flügelschlage
verloren liegt …
Befiehlst du, dass ich frage?

Kindheit

Da rinnt der Schule lange Angst und Zeit
mit Warten hin, mit lauter dumpfen Dingen.
O Einsamkeit, o schweres Zeitverbringen …
Und dann hinaus: die Straßen sprühn und klingen
und auf den Plätzen die Fontänen springen
und in den Gärten wird die Welt so weit –.
Und durch das alles gehn im kleinen Kleid,
ganz anders als die andern gehn und gingen –:
O wunderliche Zeit, o Zeitverbringen,
o Einsamkeit.

Und in das alles fern hinauszuschauen:
Männer und Frauen; Männer, Männer, Frauen
und Kinder, welche anders sind und bunt;
und da ein Haus und dann und wann ein Hund
und Schrecken lautlos wechselnd mit Vertrauen –:
O Trauer ohne Sinn, o Traum, o Grauen,
o Tiefe ohne Grund.

Und so zu spielen: Ball und Ring und Reifen
in einem Garten, welcher sanft verblasst,
und manchmal die Erwachsenen zu streifen,
blind und verwildert in des Haschens Hast,
aber am Abend still, mit kleinen steifen
Schritten nach Haus zu gehn, fest angefasst –:
O immer mehr entweichendes Begreifen,
o Angst, o Last.

Und stundenlang am großen grauen Teiche
mit einem kleinen Segelschiff zu knien;
es zu vergessen, weil noch andre, gleiche
und schönere Segel durch die Ringe ziehn,
und denken müssen an das kleine bleiche
Gesicht, das sinkend aus dem Teiche schien –:
O Kindheit, o entgleitende Vergleiche.
Wohin? Wohin?

Der Knabe

Ich möchte einer werden so wie die,
die durch die Nacht mit wilden Pferden fahren,
mit Fackeln, die gleich aufgegangnen Haaren
in ihres Jagens großem Winde wehn.
Vorn möcht ich stehen wie in einem Kahne,
groß und wie eine Fahne aufgerollt.
Dunkel, aber mit einem Helm von Gold,
der unruhig glänzt. Und hinter mir gereiht
zehn Männer aus derselben Dunkelheit
mit Helmen, die, wie meiner, unstet sind,
bald klar wie Glas, bald dunkel, alt und blind.
Und einer steht bei mir und bläst uns Raum
mit der Trompete, welche blitzt und schreit,
und bläst uns eine schwarze Einsamkeit,
durch die wir rasen wie ein rascher Traum:
Die Häuser fallen hinter uns ins Knie,
die Gassen biegen sich uns schief entgegen,
die Plätze weichen aus: wir fassen sie,
und unsre Rosse rauschen wie ein Regen.

Das Abendmahl

Sie sind versammelt, staunende Verstörte,
um ihn, der wie ein Weiser sich beschließt

und der sich fortnimmt denen er gehörte
und der an ihnen fremd vorüberfließt.
Die alte Einsamkeit kommt über ihn,
die ihn erzog zu seinem tiefen Handeln;
nun wird er wieder durch den Ölwald wandeln,
und die ihn lieben werden vor ihm fliehn.

Er hat sie zu dem letzten Tisch entboten
und (wie ein Schuss die Vögel aus den Schoten
scheucht) scheucht er ihre Hände aus den Broten
mit seinem Wort: sie fliegen zu ihm her;
sie flattern bange durch die Tafelrunde
und suchen einen Ausgang. Aber *er*
ist überall wie eine Dämmerstunde.

Initiale

Aus unendlichen Sehnsüchten steigen
endliche Taten wie schwache Fontänen,
die sich zeitig und zitternd neigen.
Aber, die sich uns sonst verschweigen,
unsere fröhlichen Kräfte – zeigen
sich in diesen tanzenden Tränen.

Zum Einschlafen zu sagen

Ich möchte jemanden einsingen,
bei jemandem sitzen und sein.
Ich möchte dich wiegen und kleinsingen
und begleiten schlafaus und schlafein.
Ich möchte der Einzige sein im Haus,
der wüsste: die Nacht war kalt.
Und möchte horchen herein und hinaus
in dich, in die Welt, in den Wald.
Die Uhren rufen sich schlagend an,
und man sieht der Zeit auf den Grund.
Und unten geht noch ein fremder Mann
und stört einen fremden Hund.
Dahinter wird Stille. Ich habe groß
die Augen auf dich gelegt;
und sie halten dich sanft und lassen dich los,
wenn ein Ding sich im Dunkel bewegt.

Menschen bei Nacht

Die Nächte sind nicht für die Menge gemacht.
Von deinem Nachbar trennt dich die Nacht,
und du sollst ihn nicht suchen trotzdem.
Und machst du nachts deine Stube licht,

um Menschen zu schauen ins Angesicht,
so musst du bedenken: wem.

Die Menschen sind furchtbar vom Licht entstellt,
das von ihren Gesichtern träuft,
und haben sie nachts sich zusammengesellt,
so schaust du eine wankende Welt
durcheinandergehäuft.
Auf ihren Stirnen hat gelber Schein
alle Gedanken verdrängt,
in ihren Blicken flackert der Wein,
an ihren Händen hängt
die schwere Gebärde, mit der sie sich
bei ihren Gesprächen verstehn;
und dabei sagen sie: *Ich* und *Ich*
und meinen: Irgendwen.

Pont du Carrousel

Der blinde Mann, der auf der Brücke steht,
grau wie ein Markstein namenloser Reiche,
er ist vielleicht das Ding, das immer gleiche,
um das von fern die Sternenstunde geht,
und der Gestirne stiller Mittelpunkt.
Denn alles um ihn irrt und rinnt und prunkt.

Er ist der unbewegliche Gerechte,
in viele wirre Wege hingestellt;
der dunkle Eingang in die Unterwelt
bei einem oberflächlichen Geschlechte.

Der Einsame

Wie einer, der auf fremden Meeren fuhr,
so bin ich bei den ewig Einheimischen;
die vollen Tage stehn auf ihren Tischen,
mir aber ist die Ferne voll Figur.

In mein Gesicht reicht eine Welt herein,
die vielleicht unbewohnt ist wie ein Mond,
sie aber lassen kein Gefühl allein,
und alle ihre Worte sind bewohnt.

Die Dinge, die ich weither mit mir nahm,
sehn selten aus, gehalten an das Ihre –:
in ihrer großen Heimat sind sie Tiere,
hier halten sie den Atem an vor Scham.

Klage

O wie ist alles fern
und lange vergangen.
Ich glaube, der Stern,
von welchem ich Glanz empfange,
ist seit Jahrtausenden tot.
Ich glaube, im Boot,
das vorüberfuhr,
hörte ich etwas Banges sagen.
Im Hause hat eine Uhr
geschlagen …
In welchem Haus? …
Ich möchte aus meinem Herzen hinaus
unter den großen Himmel treten.
Ich möchte beten.
Und einer von allen Sternen
müsste wirklich noch sein.
Ich glaube, ich wüsste,
welcher allein
gedauert hat, –
welcher wie eine weiße Stadt
am Ende des Strahls in den Himmeln steht …

Einsamkeit

Die Einsamkeit ist wie ein Regen.
Sie steigt vom Meer den Abenden entgegen;
von Ebenen, die fern sind und entlegen,
geht sie zum Himmel, der sie immer hat.
Und erst vom Himmel fällt sie auf die Stadt.

Regnet hernieder in den Zwitterstunden,
wenn sich nach Morgen wenden alle Gassen
und wenn die Leiber, welche nichts gefunden,
enttäuscht und traurig von einander lassen;
und wenn die Menschen, die einander hassen,
in *einem* Bett zusammen schlafen müssen:

dann geht die Einsamkeit mit den Flüssen …

Herbsttag

Herr: es ist Zeit. Der Sommer war sehr groß.
Leg deinen Schatten auf die Sonnenuhren,
und auf den Fluren lass die Winde los.

Befiehl den letzten Früchten voll zu sein;
gib ihnen noch zwei südlichere Tage,

dränge sie zur Vollendung hin und jage
die letzte Süße in den schweren Wein.

Wer jetzt kein Haus hat, baut sich keines mehr.
Wer jetzt allein ist, wird es lange bleiben,
wird wachen, lesen, lange Briefe schreiben
und wird in den Alleen hin und her
unruhig wandern, wenn die Blätter treiben.

Ende des Herbstes

Ich sehe seit einer Zeit,
wie alles sich verwandelt.
Etwas steht auf und handelt
und tötet und tut Leid.

Von Mal zu Mal sind all
die Gärten nicht dieselben;
von den gilbenden zu der gelben
langsamem Verfall:
wie war der Weg mir weit.

Jetzt bin ich bei den leeren
und schaue durch alle Alleen.
Fast bis zu den fernen Meeren
kann ich den ernsten schweren
verwehrenden Himmel sehn.

Herbst

Die Blätter fallen, fallen wie von weit,
als welkten in den Himmeln ferne Gärten;
sie fallen mit verneinender Gebärde.

Und in den Nächten fällt die schwere Erde
aus allen Sternen in die Einsamkeit.

Wir alle fallen. Diese Hand da fällt.
Und sieh dir andre an: es ist in allen.

Und doch ist Einer, welcher dieses Fallen
unendlich sanft in seinen Händen hält.

Gebet

Nacht, stille Nacht, in die verwoben sind
ganz weiße Dinge, rote, bunte Dinge,
verstreute Farben, die erhoben sind
zu Einem Dunkel Einer Stille, – bringe
doch mich auch in Beziehung zu dem Vielen,
das du erwirbst und überredest. Spielen
denn meine Sinne noch zu sehr mit Licht?
Würde sich denn mein Angesicht

noch immer störend von den Gegenständen
abheben? Urteile nach meinen Händen:
Liegen sie nicht wie Werkzeug da und Ding?
Ist nicht der Ring selbst schlicht
an meiner Hand, und liegt das Licht
nicht ganz so, voll Vertrauen, über ihnen, –
als ob sie Wege wären, die, beschienen,
nicht anders sich verzweigen, als im Dunkel? …

Abend in Skåne

Der Park ist hoch. Und wie aus einem Haus
tret ich aus seiner Dämmerung heraus
in Ebene und Abend. In den Wind,
denselben Wind, den auch die Wolken fühlen,
die hellen Flüsse und die Flügelmühlen,
die langsam mahlend stehn am Himmelsrand.
Jetzt bin auch ich ein Ding in seiner Hand,
das kleinste unter diesen Himmeln. – Schau:

Ist das Ein Himmel?:
                                        Selig lichtes Blau,
in das sich immer reinere Wolken drängen,
und drunter alle Weiß in Übergängen,
und drüber jenes dünne, große Grau,

warm wallend wie auf roter Untermalung,
und über allem diese stille Strahlung
sinkender Sonne.

Wunderlicher Bau,
in sich bewegt und von sich selbst gehalten,
Gestalten bildend, Riesenflügel, Falten
und Hochgebirge vor den ersten Sternen
und plötzlich, da: ein Tor in solche Fernen,
wie sie vielleicht nur Vögel kennen …

Abend

Der Abend wechselt langsam die Gewänder,
die ihm ein Rand von alten Bäumen hält;
du schaust: und von dir scheiden sich die Länder,
ein himmelfahrendes und eins, das fällt;

und lassen dich, zu keinem ganz gehörend,
nicht ganz so dunkel wie das Haus, das schweigt,
nicht ganz so sicher Ewiges beschwörend
wie das, was Stern wird jede Nacht und steigt –

und lassen dir (unsäglich zu entwirrn)
dein Leben bang und riesenhaft und reifend,
sodass es, bald begrenzt und bald begreifend,
abwechselnd Stein in dir wird und Gestirn.

Ernste Stunde

Wer jetzt weint irgendwo in der Welt,
ohne Grund weint in der Welt,
weint über mich.

Wer jetzt lacht irgendwo in der Nacht,
ohne Grund lacht in der Nacht,
lacht mich aus.

Wer jetzt geht irgendwo in der Welt,
ohne Grund geht in der Welt,
geht zu mir.

Wer jetzt stirbt irgendwo in der Welt,
ohne Grund stirbt in der Welt:
sieht mich an.

Initiale

Gib deine Schönheit immer hin
ohne Rechnen und Reden.
Du schweigst. Sie sagt für dich: Ich bin.
Und kommt in tausendfachem Sinn,
kommt endlich über jeden.

Der Sänger singt vor einem Fürstenkind

Dem Andenken von Paula Becker-Modersohn

Du blasses Kind, an jedem Abend soll
der Sänger dunkel stehn bei deinen Dingen
und soll dir Sagen, die im Blute klingen,
über die Brücke seiner Stimme bringen
und eine Harfe, seiner Hände voll.

Nicht aus der Zeit ist, was er dir erzählt,
gehoben ist es wie aus Wandgeweben;
solche Gestalten hat es nie gegeben, –
und Niegewesenes nennt er das Leben.
Und heute hat er diesen Sang erwählt:

Du blondes Kind von Fürsten und aus Frauen,
die einsam warteten im weißen Saal, –
fast alle waren bang, dich aufzubauen,
um aus den Bildern einst auf dich zu schauen:
auf deine Augen mit den ernsten Brauen,
auf deine Hände, hell und schmal.

Du hast von ihnen Perlen und Türkisen,
von diesen Frauen, die in Bildern stehn
als stünden sie allein in Abendwiesen, –
du hast von ihnen Perlen und Türkisen
und Ringe mit verdunkelten Devisen
und Seiden, welche welke Düfte wehn.

Du trägst die Gemmen ihrer Gürtelbänder
ans hohe Fenster in den Glanz der Stunden,
und in die Seide sanfter Brautgewänder
sind deine kleinen Bücher eingebunden,
und drinnen hast du, mächtig über Länder,
ganz groß geschrieben und mit reichen, runden
Buchstaben deinen Namen vorgefunden.

Und alles ist, als wär es schon geschehn.

Sie haben so, als ob du nicht mehr kämst,
an alle Becher ihren Mund gesetzt,
zu allen Freuden ihr Gefühl gehetzt
und keinem Leide leidlos zugesehn;
sodass du jetzt
stehst und dich schämst.

… Du blasses Kind, dein Leben ist auch eines, –
der Sänger kommt dir sagen, dass du bist.
Und dass du mehr bist als ein Traum des Haines,
mehr als die Seligkeit des Sonnenscheines,
den mancher graue Tag vergisst.
Dein Leben ist so unaussprechlich Deines,
weil es von vielen überladen ist.

Empfindest du, wie die Vergangenheiten
leicht werden, wenn du eine Weile lebst,
wie sie dich sanft auf Wunder vorbereiten,

jedes Gefühl mit Bildern dir begleiten, –
und nur ein Zeichen scheinen ganze Zeiten
für eine Geste, die du schön erhebst. –

Das ist der Sinn von allem, was einst war,
dass es nicht bleibt mit seiner ganzen Schwere,
dass es zu unserm Wesen wiederkehre,
in uns verwoben, tief und wunderbar:

So waren diese Frauen elfenbeinern,
von vielen Rosen rötlich angeschienen,
so dunkelten die müden Königsmienen,
so wurden fahle Fürstenmunde steinern
und unbewegt von Waisen und von Weinern,
so klangen Knaben an wie Violinen
und starben für der Frauen schweres Haar;
so gingen Jungfraun der Madonna dienen,
denen die Welt verworren war.
So wurden Lauten laut und Mandolinen,
in die ein Unbekannter größer griff, –
in warmen Samt verlief der Dolche Schliff, –
Schicksale bauten sich aus Glück und Glauben,
Abschiede schluchzten auf in Abendlauben, –

und über hundert schwarzen Eisenhauben
schwankte die Feldschlacht wie ein Schiff.
So wurden Städte langsam groß und fielen
in sich zurück wie Wellen eines Meeres,
so drängte sich zu hochbelohnten Zielen
die rasche Vogelkraft des Eisenspeeres,
so schmückten Kinder sich zu Gartenspielen, –
und so geschah Unwichtiges und Schweres,
nur, um für dieses tägliche Erleben
dir tausend große Gleichnisse zu geben,
an denen du gewaltig wachsen kannst.

Vergangenheiten sind dir eingepflanzt,
um sich aus dir, wie Gärten, zu erheben.

Du blasses Kind, du machst den Sänger reich
mit deinem Schicksal, das sich singen lässt:
so spiegelt sich ein großes Gartenfest
mit vielen Lichtern im erstaunten Teich.
Im dunklen Dichter wiederholt sich still
ein jedes Ding: ein Stern, ein Haus, ein Wald.
Und viele Dinge, die er feiern will,
umstehen deine rührende Gestalt.

Die Stimmen

Neun Blätter mit einem Titelblatt

Titelblatt

Die Reichen und Glücklichen haben gut schweigen,
niemand will wissen was sie sind.
Aber die Dürftigen müssen sich zeigen,
müssen sagen: ich bin blind
oder: ich bin im Begriff es zu werden
oder: es geht mir nicht gut auf Erden
oder: ich habe ein krankes Kind
oder: da bin ich zusammengefügt …

Und vielleicht, dass das gar nicht genügt.

Und weil alle sonst, wie an Dingen,
an ihnen vorbeigehn, müssen sie singen.

Und da hört man noch guten Gesang.

Freilich die Menschen sind seltsam; sie hören
lieber Kastraten in Knabenchören.

Aber Gott selber kommt und bleibt lang
wenn ihn *diese* Beschnittenen stören.

Das Lied des Bettlers

Ich gehe immer von Tor zu Tor,
verregnet und verbrannt;
auf einmal leg ich mein rechtes Ohr
in meine rechte Hand.
Dann kommt mir meine Stimme vor
als hätt ich sie nie gekannt.

Dann weiß ich nicht sicher wer da schreit,
ich oder irgendwer.
Ich schreie um eine Kleinigkeit.
Die Dichter schrein um mehr.

Und endlich mach ich noch mein Gesicht
mit beiden Augen zu;
wie's dann in der Hand liegt mit seinem Gewicht
sieht es fast aus wie Ruh.
Damit sie nicht meinen ich hätte nicht,
wohin ich mein Haupt tu.

Das Lied des Blinden

Ich bin blind, ihr draußen, das ist ein Fluch,
ein Widerwillen, ein Widerspruch,

etwas täglich Schweres.
Ich leg meine Hand auf den Arm der Frau,
meine graue Hand auf ihr graues Grau,
und sie führt mich durch lauter Leeres.

Ihr rührt euch und rückt und bildet euch ein
anders zu klingen als Stein auf Stein,
aber ihr irrt euch: ich allein
lebe und leide und lärme.
In mir ist ein endloses Schrein
und ich weiß nicht, schreit mir mein
Herz oder meine Gedärme.

Erkennt ihr die Lieder? Ihr sanget sie nicht
nicht ganz in dieser Betonung.
Euch kommt jeden Morgen das neue Licht
warm in die offene Wohnung.
Und ihr habt ein Gefühl von Gesicht zu Gesicht
und das verleitet zur Schonung.

Das Lied des Trinkers

Es war nicht in mir. Es ging aus und ein.
Da wollt ich es halten. Da hielt es der Wein.
(Ich weiß nicht mehr was es war.)

Dann hielt er mir jenes und hielt mir dies
bis ich mich ganz auf ihn verließ.
Ich Narr.

Jetzt bin ich in seinem Spiel und er streut
mich verächtlich herum und verliert mich noch heut
an dieses Vich, an den Tod.
Wenn der mich, schmutzige Karte, gewinnt,
so kratzt er mit mir seinen grauen Grind
und wirft mich fort in den Kot.

Das Lied des Selbstmörders

Also noch einen Augenblick.
Dass sie mir immer wieder den Strick
zerschneiden.
Neulich war ich so gut bereit
und es war schon ein wenig Ewigkeit
in meinen Eingeweiden.

Halten sie mir den Löffel her,
diesen Löffel Leben.
Nein ich will und ich will nicht mehr,
lasst mich mich übergeben.

Ich weiß das Leben ist gar und gut
und die Welt ist ein voller Topf,
aber mir geht es nicht ins Blut,
mir steigt es nur zu Kopf.

Andere nährt es, mich macht es krank;
begreift, dass man's verschmäht.
Mindestens ein Jahrtausend lang
brauch ich jetzt Diät.

Das Lied der Witwe

Am Anfang war mir das Leben gut.
Es hielt mich warm, es machte mir Mut.
Dass es das allen Jungen tut,
wie konnt ich das damals wissen.
Ich wusste nicht, was das Leben war –,
auf einmal war es nur Jahr und Jahr,
nicht mehr gut, nicht mehr neu, nicht mehr wunderbar,
wie mitten entzwei gerissen.

Das war nicht Seine, nicht meine Schuld;
wir hatten beide nichts als Geduld,
aber der Tod hat keine.
Ich sah ihn kommen (wie schlecht er kam),

und ich schaute ihm zu wie er nahm und nahm:
es war ja gar nicht das Meine.

Was war denn das Meine; Meines, Mein?
War mir nicht selbst mein Elendsein
nur vom Schicksal geliehn?
Das Schicksal will nicht nur das Glück,
es will die Pein und das Schrein zurück
und es kauft für alt den Ruin.

Das Schicksal war da und erwarb für ein Nichts
jeden Ausdruck meines Gesichts
bis auf die Art zu gehn.
Das war ein täglicher Ausverkauf
und als ich leer war, gab es mich auf
und ließ mich offen stehn.

Das Lied des Idioten

Sie hindern mich nicht. Sie lassen mich gehn.
Sie sagen es könne nichts geschehn.
Wie gut.
Es kann nichts geschehn. Alles kommt und kreist
immerfort um den heiligen Geist,
um den gewissen Geist (du weißt) –,
wie gut.

Nein man muss wirklich nicht meinen es sei
irgendeine Gefahr dabei.
Da ist freilich das Blut.
Das Blut ist das Schwerste. Das Blut ist schwer.
Manchmal glaub ich, ich kann nicht mehr –.
(Wie gut.)

Ah was ist das für ein schöner Ball;
rot und rund wie ein Überall.
Gut, dass ihr ihn erschuft.
Ob der wohl kommt wenn man ruft?

Wie sich das alles seltsam benimmt,
ineinandertreibt, auseinanderschwimmt:
freundlich, ein wenig unbestimmt.
Wie gut.

Das Lied der Waise

Ich bin Niemand und werde auch Niemand sein.
Jetzt bin ich ja zum Sein noch zu klein;
aber auch später.

Mütter und Väter,
erbarmt euch mein.

Zwar es lohnt nicht des Pflegens Müh:
ich werde doch gemäht.
Mich kann keiner brauchen: jetzt ist es zu früh
und morgen ist es zu spät.

Ich habe nur dieses eine Kleid,
es wird dünn und es verbleicht,
aber es hält eine Ewigkeit
auch noch vor Gott vielleicht.

Ich habe nur dieses bisschen Haar
(immer dasselbe blieb),
das einmal Eines Liebstes war.

Nun hat er nichts mehr lieb.

Das Lied des Zwerges

Meine Seele ist vielleicht grad und gut;
aber mein Herz, mein verbogenes Blut,
alles das, was mir wehe tut,
kann sie nicht aufrecht tragen.
Sie hat keinen Garten, sie hat kein Bett,
sie hängt an meinem scharfen Skelett
mit entsetztem Flügelschlagen.

Aus meinen Händen wird auch nichts mehr.
Wie verkümmert sie sind: sieh her:
zähe hüpfen sie, feucht und schwer,
wie kleine Kröten nach Regen.
Und das Andre an mir ist
abgetragen und alt und trist;
warum zögert Gott, auf den Mist
alles das hinzulegen.

Ob er mir zürnt für mein Gesicht
mit dem mürrischen Munde?
Es war ja so oft bereit, ganz licht
und klar zu werden im Grunde;
aber nichts kam ihm je so dicht
wie die großen Hunde.
Und die Hunde haben das nicht.

Das Lied des Aussätzigen

Sieh ich bin einer, den alles verlassen hat.
Keiner weiß in der Stadt von mir,
Aussatz hat mich befallen.
Und ich schlage mein Klapperwerk,
klopfe mein trauriges Augenmerk
in die Ohren allen
die nahe vorübergehn.

Und die es hölzern hören, sehn
erst gar nicht her, und was hier geschehn
wollen sie nicht erfahren.

Soweit der Klang meiner Klapper reicht
bin ich zu Hause; aber vielleicht
machst Du meine Klapper so laut,
dass sich keiner in meine Ferne traut
der mir jetzt aus der Nähe weicht.
Sodass ich sehr lange gehen kann
ohne Mädchen, Frau oder Mann
oder Kind zu entdecken.

Tiere will ich nicht schrecken.

Von den Fontänen

Auf einmal weiß ich viel von den Fontänen,
den unbegreiflichen Bäumen aus Glas.
Ich könnte reden wie von eignen Tränen,
die ich, ergriffen von sehr großen Träumen,
einmal vergeudete und dann vergaß.

Vergaß ich denn, dass Himmel Hände reichen
zu vielen Dingen und in das Gedränge?
Sah ich nicht immer Großheit ohnegleichen

im Aufstieg alter Parke, vor den weichen
erwartungsvollen Abenden, – in bleichen
aus fremden Mädchen steigenden Gesängen,
die überfließen aus der Melodie
und wirklich werden und als müssten sie
sich spiegeln in den aufgetanen Teichen?

Ich muss mich nur erinnern an das Alles,
was an Fontänen und an mir geschah, –
dann fühl ich auch die Last des Niederfalles,
in welcher ich die Wasser wiedersah:
Und weiß von Zweigen, die sich abwärts wandten,
von Stimmen, die mit kleiner Flamme brannten,
von Teichen, welche nur die Uferkanten
schwachsinnig und verschoben wiederholten,
von Abendhimmeln, welche von verkohlten
westlichen Wäldern ganz entfremdet traten
sich anders wölbten, dunkelten und taten
als wär das nicht die Welt, die sie gemeint …

Vergaß ich denn, dass Stern bei Stern versteint
und sich verschließt gegen die Nachbargloben?
Dass sich die Welten nur noch wie verweint
im Raum erkennen? – Vielleicht sind wir *oben*,
in Himmel andrer Wesen eingewoben,
die zu uns aufschaun abends. Vielleicht loben
uns ihre Dichter. Vielleicht beten viele
zu uns empor. Vielleicht sind wir die Ziele

von fremden Flüchen, die uns nie erreichen,
Nachbaren eines Gottes, den sie meinen
in unsrer Höhe, wenn sie einsam weinen,
an den sie glauben und den sie verlieren,
und dessen Bildnis, wie ein Schein aus ihren
suchenden Lampen, flüchtig und verweht,
über unsere zerstreuten Gesichter geht ....

Der Lesende

Ich las schon lang. Seit dieser Nachmittag,
mit Regen rauschend, an den Fenstern lag.
Vom Winde draußen hörte ich nichts mehr:
mein Buch war schwer.
Ich sah ihm in die Blätter wie in Mienen,
die dunkel werden von Nachdenklichkeit,
und um mein Lesen staute sich die Zeit. –
Auf einmal sind die Seiten überschienen,
und statt der bangen Wortverworrenheit
steht: Abend, Abend ... überall auf ihnen.
Ich schau noch nicht hinaus, und doch zerreißen
die langen Zeilen, und die Worte rollen
von ihren Fäden fort, wohin sie wollen ...
Da weiß ich es: über den übervollen
glänzenden Gärten sind die Himmel weit;
die Sonne hat noch einmal kommen sollen. –

Und jetzt wird Sommernacht, soweit man sieht:
zu wenig Gruppen stellt sich das Verstreute,
dunkel, auf langen Wegen, gehn die Leute,
und seltsam weit, als ob es mehr bedeute,
hört man das Wenige, das noch geschieht.

Und wenn ich jetzt vom Buch die Augen hebe,
wird nichts befremdlich sein und alles groß.
Dort draußen ist, was ich hier drinnen lebe,
und hier und dort ist alles grenzenlos;
nur dass ich mich noch mehr damit verwebe,
wenn meine Blicke an die Dinge passen
und an die ernste Einfachheit der Massen, –
da wächst die Erde über sich hinaus.
Den ganzen Himmel scheint sie zu umfassen:
der erste Stern ist wie das letzte Haus.

Der Schauende

Ich sehe den Bäumen die Stürme an,
die aus laugewordenen Tagen
an meine ängstlichen Fenster schlagen,
und höre die Fernen Dinge sagen,
die ich nicht ohne Freund ertragen,
nicht ohne Schwester lieben kann.

Da geht der Sturm, ein Umgestalter,
geht durch den Wald und durch die Zeit,
und alles ist wie ohne Alter:
die Landschaft, wie ein Vers im Psalter,
ist Ernst und Wucht und Ewigkeit.

Wie ist das klein, womit wir ringen,
was mit uns ringt, wie ist das groß;
ließen wir, ähnlicher den Dingen,
uns *so* vom großen Sturm bezwingen, –
wir würden weit und namenlos.

Was wir besiegen, ist das Kleine,
und der Erfolg selbst macht uns klein.
Das Ewige und Ungemeine
will nicht von uns gebogen sein.
Das ist der Engel, der den Ringern
des Alten Testaments erschien:
wenn seiner Widersacher Sehnen
im Kampfe sich metallen dehnen,
fühlt er sie unter seinen Fingern
wie Saiten tiefer Melodien.

Wen dieser Engel überwand,
welcher so oft auf Kampf verzichtet,
der geht gerecht und aufgerichtet
und groß aus jener harten Hand,

die sich, wie formend, an ihn schmiegte.
Die Siege laden ihn nicht ein.
Sein Wachstum ist: der Tiefbesiegte
von immer Größerem zu sein.

Aus einer Sturmnacht

Acht Blätter mit einem Titelblatt

Titelblatt

Die Nacht, vom wachsenden Sturme bewegt,
wie wird sie auf einmal weit –,
als bliebe sie sonst zusammengelegt
in die kleinlichen Falten der Zeit.
Wo die Sterne ihr wehren, dort endet sie nicht
und beginnt nicht mitten im Wald
und nicht an meinem Angesicht
und nicht mit deiner Gestalt.
Die Lampen stammeln und wissen nicht:
lügen wir Licht?
Ist die Nacht die einzige Wirklichkeit
seit Jahrtausenden …

(1)

In solchen Nächten kannst du in den Gassen
Zukünftigen begegnen, schmalen blassen
Gesichtern, die dich nicht erkennen
und dich schweigend vorüberlassen.
Aber wenn sie zu reden begännen,
wärst du ein Langevergangener
wie du da stehst,
langeverwest.
Doch sie bleiben im Schweigen wie Tote,
obwohl sie die Kommenden sind.
Zukunft beginnt noch nicht.
Sie halten nur ihr Gesicht in die Zeit
und können, wie unter Wasser, nicht schauen;
und ertragen sie's doch eine Weile,
sehn sie wie unter den Wellen: die Eile
von Fischen und das Tauchen von Tauen.

(2)

In solchen Nächten gehn die Gefängnisse auf.
Und durch die bösen Träume der Wächter

gehn mit leisem Gelächter
die Verächter ihrer Gewalt.
Wald! Sie kommen zu dir, um in dir zu schlafen,
mit ihren langen Strafen behangen.
    Wald!

(3)

In solchen Nächten ist auf einmal Feuer
in einer Oper.   Wie ein Ungeheuer
beginnt der Riesenraum mit seinen Rängen
Tausende, die sich in ihm drängen,
zu kauen.
Männer und Frauen
staun sich in den Gängen,
und wie sich alle aneinander hängen,
bricht das Gemäuer, und es reißt sie mit.
Und niemand weiß mehr *wer* ganz unten litt;
während ihm einer schon das Herz zertritt,
sind seine Ohren noch ganz voll von Klängen,
die dazu hingehn …

(4)

In solchen Nächten, wie vor vielen Tagen,
fangen die *Herzen* in den Sarkophagen
vergangner Fürsten wieder an zu gehn;
und so gewaltig drängt ihr Wiederschlagen
gegen die Kapseln, welche widerstehn,
dass sie die goldnen Schalen weitertragen
durch Dunkel und Damaste, die zerfallen.
Schwarz schwankt der Dom mit allen seinen Hallen.
Die Glocken, die sich in die Türme krallen,
hängen wie Vögel, bebend stehn die Türen,
und an den Trägern zittert jedes Glied:
als trügen seinen gründenden Granit
blinde Schildkröten, die sich rühren.

(5)

In solchen Nächten wissen die Unheilbaren:
wir waren …
Und sie denken unter den Kranken

einen einfachen guten Gedanken
weiter, dort, wo er abbrach.
Doch von den Söhnen, die sie gelassen,
geht der Jüngste vielleicht in den einsamsten Gassen;
denn gerade *diese* Nächte
sind ihm als ob er zum ersten Mal dächte:
lange lag es über ihm bleiern,
aber jetzt wird sich alles entschleiern –,
und: dass er das feiern wird,
    fühlt er …

(6)

In solchen Nächten sind alle die Städte gleich,
alle beflaggt.
Und an den Fahnen vom Sturm gepackt
und wie an Haaren hinausgerissen
in irgendein Land mit ungewissen
Umrissen und Flüssen.
In allen Gärten ist dann ein Teich,
an jedem Teiche dasselbe Haus,
in jedem Hause dasselbe Licht;
und alle Menschen sehn ähnlich aus
und halten die Hände vorm Gesicht.

(7)

In solchen Nächten werden die Sterbenden klar,
greifen sich leise ins wachsende Haar,
dessen Halme aus ihres Schädels Schwäche
in diesen langen Tagen *treiben*,
als wollten sie über der Oberfläche
des Todes bleiben.
Ihre Gebärde geht durch das Haus
als wenn überall Spiegel hingen;
und sie geben – mit diesem Graben
in ihren Haaren – Kräfte aus,
die sie in Jahren gesammelt haben,
welche *vergingen*.

(8)

In solchen Nächten wächst mein Schwesterlein,
das vor mir war und vor mir starb, ganz klein.
Viel solche Nächte waren schon seither:
Sie muss schon schön sein. Bald wird irgendwer
sie frein.

Die Blinde

Der Fremde:

Du bist nicht bang, davon zu sprechen?

Die Blinde:

Nein.
Es ist so ferne. Das war eine andre.
Die damals sah, die laut und schauend lebte,
die starb.

Der Fremde:

Und hatte einen schweren Tod?

Die Blinde:

Sterben ist Grausamkeit an Ahnungslosen.
Stark muss man sein, sogar wenn Fremdes stirbt.

Der Fremde:

Sie war dir fremd?

Die Blinde:

– Oder: sie ists geworden.
Der Tod entfremdet selbst dem Kind die Mutter. –
Doch es war schrecklich in den ersten Tagen.
Am ganzen Leibe war ich wund. Die Welt,
die in den Dingen blüht und reift,
war mit den Wurzeln aus mir ausgerissen,
mit meinem Herzen (schien mir), und ich lag
wie aufgewühlte Erde offen da und trank
den kalten Regen meiner Tränen,
der aus den toten Augen unaufhörlich
und leise strömte, wie aus leeren Himmeln,

wenn Gott gestorben ist, die Wolken fallen.
Und mein Gehör war groß und allem offen.
Ich hörte Dinge, die nicht hörbar sind:
die Zeit, die über meine Haare floss,
die Stille, die in zarten Gläsern klang, –
und fühlte: nah bei meinen Händen ging
der Atem einer großen weißen Rose.
Und immer wieder dacht ich: Nacht und: Nacht
und glaubte einen hellen Streif zu sehn,
der wachsen würde wie ein Tag;
und glaubte auf den Morgen zuzugehn,
der längst in meinen Händen lag.
Die Mutter weckt ich, wenn der Schlaf mir schwer
hinunterfiel vom dunklen Gesicht,
der Mutter rief ich: »Du, komm her!
Mach Licht!«
Und horchte. Lange, lange blieb es still,
und meine Kissen fühlte ich versteinen, –
dann wars, als säh ich etwas scheinen:
das war der Mutter wehes Weinen,
an das ich nicht mehr denken will.
Mach Licht! Mach Licht! Ich schrie es oft im Traum:
Der Raum ist eingefallen. Nimm den Raum
mir vom Gesicht und von der Brust.
Du musst ihn heben, hochheben,
musst ihn wieder den Sternen geben;
ich kann nicht leben so, mit dem Himmel auf mir.
Aber sprech ich zu dir, Mutter?

Oder zu wem denn? Wer ist denn dahinter?
Wer ist denn hinter dem Vorhang? – Winter?
Mutter: Sturm? Mutter: Nacht? Sag!
Oder: Tag? … Tag!
Ohne mich! Wie kann es denn ohne mich Tag sein?
Fehl ich denn nirgends?
Fragt denn niemand nach mir?
Sind wir denn ganz vergessen?
Wir? … Aber du bist ja dort;
du hast ja noch alles, nicht?
Um dein Gesicht sind noch alle Dinge bemüht,
ihm wohlzutun.
Wenn deine Augen ruhn
und wenn sie noch so müd waren,
sie können wieder steigen.
… Meine schweigen.
Meine Blumen werden die Farbe verlieren.
Meine Spiegel werden zufrieren.
In meinen Büchern werden die Zeilen verwachsen.
Meine Vögel werden in den Gassen
herumflattern und sich an fremden Fenstern verwunden.
Nichts ist mehr mit mir verbunden.
Ich bin von allem verlassen. –
Ich bin eine Insel.

Der Fremde:

Und ich bin über das Meer gekommen.

Die Blinde:

Wie? Auf die Insel? … Hergekommen?

Der Fremde:

Ich bin noch im Kahne.
Ich habe ihn leise angelegt –
an dich. Er ist bewegt:
seine Fahne weht landein.

Die Blinde:

Ich bin eine Insel und allein.
Ich bin reich. –
Zuerst, als die alten Wege noch waren
in meinen Nerven, ausgefahren
von vielem Gebrauch:
da litt ich auch.
Alles ging mir aus dem Herzen fort,
ich wusste erst nicht wohin;
aber dann fand ich sie alle dort,
alle Gefühle, das, was ich bin,
stand versammelt und drängte und schrie
an den vermauerten Augen, die sich nicht rührten.
Alle meine verführten Gefühle …
Ich weiß nicht, ob sie Jahre so standen,
aber ich weiß von den Wochen,
da sie alle zurückkamen gebrochen
und niemanden erkannten.

Dann wuchs der Weg zu den Augen zu.
Ich weiß ihn nicht mehr.
Jetzt geht alles in mir umher,
sicher und sorglos; wie Genesende

gehn die Gefühle, genießend das Gehn,
durch meines Leibes dunkles Haus.
Einige sind Lesende
über Erinnerungen;
aber die jungen
sehn alle hinaus.
Denn wo sie hintreten an meinen Rand,
ist mein Gewand von Glas.
Meine Stirne sieht, meine Hand las
Gedichte in anderen Händen.
Mein Fuß spricht mit den Steinen, die er betritt,
meine Stimme nimmt jeder Vogel mit
aus den täglichen Wänden.
Ich muss nichts mehr entbehren jetzt,
alle Farben sind übersetzt
in Geräusch und Geruch.
Und sie klingen unendlich schön
als Töne.
Was soll mir ein Buch?
In den Bäumen blättert der Wind;
und ich weiß, was dorten für Worte sind,
und wiederhole sie manchmal leis.
Und der Tod, der Augen wie Blumen bricht,
findet meine Augen nicht …

Der Fremde leise:
Ich weiß.

Requiem

Clara Westhoff gewidmet

Seit einer Stunde ist um ein Ding mehr
auf Erden. Mehr um einen Kranz.
Vor einer Weile war das leichtes Laub … Ich wands:
Und jetzt ist dieser Efeu seltsam schwer
und so von Dunkel voll, als tränke er
aus meinen Dingen zukünftige Nächte.
Jetzt graut mir fast vor dieser nächsten Nacht,
allein mit diesem Kranz, den ich gemacht,
nicht ahnend, dass da etwas wird,
wenn sich die Ranken ründen um den Reifen;
ganz nur bedürftig, dieses zu begreifen:
dass etwas nichtmehr sein kann. Wie verirrt
in nie betretene Gedanken, darinnen wunderliche Dinge stehn,
die ich schon einmal gesehen haben muss …

…. Flussabwärts treiben die Blumen, welche die Kinder gerissen haben im Spiel; aus den offenen Fingern fiel eine und eine, bis dass der Strauß nicht mehr zu erkennen war. Bis der Rest, den sie nach Haus gebracht, gerade gut zum Verbrennen war. Dann konnte man ja die ganze Nacht, wenn einen alle schlafen meinen, um die gebrochenen Blumen weinen.

Gretel, von allem Anbeginn
war dir bestimmt, sehr zeitig zu sterben,
blond zu sterben.

Lange schon, eh dir zu leben bestimmt war.
Darum stellte der Herr eine Schwester vor dich
und dann einen Bruder,
damit vor dir wären zwei Nahe, zwei Reine,
welche das Sterben dir zeigten,
das deine:
dein Sterben.
Deine Geschwister wurden erfunden,
nur, damit du dich dran gewöhntest,
und dich an zweien Sterbestunden
mit der dritten versöhntest,
die dir seit Jahrtausenden droht.
Für deinen Tod
sind Leben erstanden;
Hände, welche Blüten banden,
Blicke, welche die Rosen rot
und die Menschen mächtig empfanden,
hat man gebildet und wieder vernichtet
und hat zweimal das Sterben *gedichtet*,
eh es, gegen dich selbst gerichtet,
aus der verloschenen Bühne trat.

… Nahte es dir schrecklich, geliebte Gespielin?
war es dein Feind?
Hast du dich ihm ans Herz geweint?
Hat es dich aus den heißen Kissen
in die flackernde Nacht gerissen,
in der niemand schlief im ganzen Haus …?

Wie sah es aus?
Du musst es wissen …
Du bist dazu in die Heimat gereist.

– –

Du weißt
wie die Mandeln blühn
und dass Seen blau sind.
Viele Dinge, die nur im Gefühle der Frau sind
welche die erste Liebe erfuhr, –
weißt du. Dir flüsterte die Natur
in des Südens spät dämmernden Tagen
so unendliche Schönheit ein,
wie sonst nur selige Lippen sie sagen
seliger Menschen, die zu zwein
eine Welt haben und *eine* Stimme –
leiser hast du das alles gespürt, –
(o wie hat das unendlich Grimme
deine unendliche Demut berührt).
Deine Briefe kamen von Süden,
warm noch von Sonne, aber verwaist, –
endlich bist du selbst deinen müden
bittenden Briefen nachgereist;
denn du warst nicht gerne im Glanze,
jede Farbe lag auf dir wie Schuld,
und du lebtest in Ungeduld,
denn du wusstest: das ist nicht *das Ganze.*
Leben ist nur ein Teil ….. Wovon?
Leben ist nur ein Ton ….. Worin?

Leben hat Sinn nur, verbunden mit vielen
Kreisen des weithin wachsenden Raumes, –
Leben ist so nur der Traum eines Traumes,
aber Wachsein ist anderswo.
So ließest du's los.
Groß ließest du's los.
Und wir kannten dich klein.
Dein war so wenig: ein Lächeln, ein kleines,
ein bisschen melancholisch schon immer,
sehr sanftes Haar und ein kleines Zimmer,
das dir seit dem Tode der Schwester weit war.
Als ob alles andere nur dein Kleid war
so scheint es mir jetzt, du stilles Gespiel.
Aber *sehr viel*
warst du. Und wir wusstens manchmal,
wenn du am Abend kamst in den Saal;
wussten manchmal: jetzt müsste man beten;
eine Menge ist eingetreten,
eine Menge, welche dir nachgeht,
weil du den Weg weißt.
Und du hast ihn wissen gemusst
und hast ihn gewusst
gestern …
jüngste der Schwestern.

Sieh her,
dieser Kranz ist so schwer.
Und sie werden ihn auf dich legen,

diesen schweren Kranz.
Kanns dein Sarg aushalten?
Wenn er bricht
unter dem schwarzen Gewicht,
kriecht in die Falten
von deinem Kleid
Efeu.
Weit rankt er hinauf,
rings rankt er dich um,
und der Saft, der sich in seinen Ranken bewegt,
regt dich auf mit seinem Geräusch;
so keusch bist du.
Aber du bist nichtmehr zu.
Langgedehnt bist du und lass.
Deines Leibes Türen sind angelehnt,
und nass
tritt der Efeu ein …

– –

wie Reihn
von Nonnen,
die sich führen
an schwarzem Seil,
weil es dunkel ist in dir, du Bronnen.
In den leeren Gängen
deines Blutes drängen sie zu deinem Herzen;
wo sonst deine sanften Schmerzen

sich begegneten mit bleichen
Freuden und Erinnerungen, –
wandeln sie, wie im Gebet,
in das Herz, das, ganz verklungen,
dunkel, allen offen steht.

Aber dieser Kranz ist schwer
nur im Licht,
nur unter Lebenden, hier bei mir;
und sein Gewicht
ist nicht mehr
wenn ich ihn, zu dir legen werde.
Die Erde ist voller Gleichgewicht,
Deine Erde.
Er ist schwer von meinen Augen, die daran hängen,
schwer von den Gängen,
die ich um ihn getan;
Ängste aller, welche ihn sahn,
haften daran.
Nimm ihn zu dir, denn er ist dein
seit er ganz fertig ist.
Nimm ihn von mir.
Lass mich allein! Er ist wie ein Gast …
fast schäm ich mich seiner.
Hast du auch Furcht, Gretel?

Du kannst nicht mehr gehn?
Kannst nicht mehr bei mir in der Stube stehn?
Tun dir die Füße weh?

So bleib wo jetzt alle beisammen sind,
man wird ihn dir morgen bringen, mein Kind,
durch die entlaubte Allee.
Man wird ihn dir bringen, warte getrost, –
man bringt dir morgen noch mehr.
Wenn es auch morgen tobt und tost,
das schadet den Blumen nicht sehr.
Man wird sie dir bringen. Du hast das Recht,
sie sicher zu haben, mein Kind,
und wenn sie auch morgen schwarz und schlecht
und lange vergangen sind.
Sei deshalb nicht bange. Du wirst nicht mehr
unterscheiden, was steigt oder sinkt;
die Farben sind zu und die Töne sind leer,
und du wirst auch gar nicht mehr wissen, wer
dir alle die Blumen bringt.

Jetzt weißt du *das Andre*, das uns verstößt,
sooft wir's im Dunkel erfasst;
von dem, was du *sehntest*, bist du erlöst
zu etwas, was du *hast*.
Unter uns warst du von kleiner Gestalt,
vielleicht bist du jetzt ein erwachsener Wald
mit Winden und Stimmen im Laub. –
Glaub mir, Gespiel, dir geschah nicht Gewalt:
Dein Tod war schon alt,
als dein Leben begann;
drum griff er es an,
damit es ihn nicht überlebte.

....

Schwebte etwas um mich?
Trat Nachtwind herein?
Ich bebte nicht.
Ich bin stark und allein. –
Was hab ich heute geschafft?
…. Efeulaub holt ich am Abend und wands
und bog es zusammen, bis es ganz gehorchte.
Noch glänzt es mit schwarzem Glanz.
Und meine Kraft
kreist in dem Kranz.

Sinnend von Legende zu Legende*
such ich deinen Namen, helle Frau.
Wie die Nächte um die Sonnenwende,
in die Sterne wachsen ohne Ende,
nimmst du alles in dich auf, Legende,
und umgibst mich wie ein tiefes Blau.

Aber denen, die dich nicht erfahren,
kann ich, hülflos, nichts versprechen als:
dich aus allen Dingen auszusparen,
so wie man in deinen Mädchenjahren
zeichnete das Weiß des Wasserfalls.

* Zwei Gedichte auf den Tod der Gräfin Luise Schwerin

Dies nur will ich ihnen lassen und
mich verbergen unter dem Geringen.
Unrecht tut an dir Kontur und Mund.
Du bist Himmel, tiefer Hintergrund,
sanft umrahmt von deinen liebsten Dingen.

LIEBENDE UND Leidende verwehten*
wie ein Blätterfall im welken Park.
Aber wie in seidenen Tapeten
hält sich immer noch dein Gehn und Beten,
und die Farben bleiben still und stark.

Alles sieht man: deiner Augen Weide
(und ein Frühlingstag geht darauf vor),
deines Glücks geschontes Stirngeschmeide
und, allein, des Stolzes Vignentor
vor dem weiten Weg in deinem Leide.

Doch auf jedem Bild und nirgends alt
in dem weißen, immer in dem gleichen
Kleide steht, erkennbar ohne Zeichen,
deiner Liebe stillende Gestalt,
schlank geneigt, um etwas hinzureichen.

.... **Und sagen** sie das Leben sei ein Traum: das nicht;
nicht Traum allein. Traum ist ein Stück vom Leben.
Ein wirres Stück, in welchem sich Gesicht
und Sein verbeißt und ineinanderflicht
wie goldne Tiere, Königen von Theben
aus ihrem Tod genommen (der zerbricht).

Traum ist Brokat der von dir niederfließt,
Traum ist ein Baum, ein Glanz der geht, ein Laut –;
ein Fühlen das in dir beginnt und schließt
ist Traum; ein Tier das dir ins Auge schaut
ist Traum; ein Engel welcher dich genießt
ist Traum. Traum ist das Wort, das sanften Falles
in dein Gefühl fällt wie ein Blütenblatt
das dir im Haar bleibt: licht, verwirrt und matt –,
hebst du die Hände auf: auch dann kommt Traum,
kommt in sie wie das Fallen eines Balles –;
fast alles träumt –,
du aber trägst das alles.

Du trägst das alles. Und wie trägst du's schön.
So wie mit deinem Haar damit beladen.
Und aus den Tiefen kommt es, von den Höhn
kommt es zu dir und wird von deinen Gnaden …

Da wo du bist hat nichts umsonst geharrt,
um dich die Dinge nehmen nirgend Schaden,
und mir ist so als hätt ich schon gesehn,

dass Tiere sich in deinen Blicken baden
und trinken deine klare Gegenwart.

Nur wer du bist: das weiß ich nicht. Ich weiß
nur deinen Preis zu singen: Sagenkreis
um eine Seele,
                    Garten um ein Haus,
in dessen Fenstern ich den Himmel sah –.

O so viel Himmel, ziehend, von so nah;
o so viel Himmel über so viel Ferne.

Und wenn es Nacht ist –: was für große Sterne
müssen sich nicht in diesen Fenstern spiegeln …

Der Engel

Wie ist der hülflos, der mit nichts als Worten
aussagen soll wie er dich fühlt und sieht;
dieweil dein Leben festlich sich vollzieht
wie aufgehoben, wie in Sopraporten
in welchen neben dir ein Engel kniet.

Ein Engel –: ein im Himmlischen Zerstreuter,
der um dich ist seitdem du hier erschienst;

kaum jemals trauriger, kaum je erfreuter,
doch immer strahlender in deinem Dienst:

so hingegeben wie an große Räume
an dich, du weite, unbekannte Welt,
und wie ein Kind in seine ersten Träume
so atemlos in dich hineingestellt.

Beschäftigt, dir dein Leben hinzureichen,
die Stunde, die du grade ihm bestimmst,
und schwindelnd von der Größe ohne gleichen
mit der du sie aus seinen Händen nimmst:

verbraucht er seine vielen Ewigkeiten
in deiner Zeit wie einen kurzen Tag.
Er wird nie wieder heimgekehrt zu seiten
der andern Engel im Areopag

des Himmels stehn; auch nicht im Weltgerichte.
Sein Platz wird leer sein auf der Engelsbank.
Doch man wird sagen von dem Angesichte
an dem ein Engel lebte und ertrank.

Kommendes ist nie ganz fern; Entflohnes
nie ganz fortgenommen wenn es floh –;

doch das Wiederkommen eines Tones
ordnet erst das viele Leben so,

dass der Einsame, der sich nicht kennt,
eine Weile ruht in seinen Maßen
eh er wieder auf den fremden Straßen
weiter muss, in Tage aufgetrennt.

Wiederkommen –: wie er das genießt,
einmal wiederkommen und verweilen
wo aus Wünschen, die ihn nur durcheilen,
sich ein Wirkliches und Warmes schließt,

dessen Dasein, Sinn, Gesetz und Güte
eine kleine Zeit auch für ihn gilt
und ihm so, als ob sie ihn behüte,
lang noch nachgeht, licht und wohlgewillt –.

Indem das Leben nimmt und gibt und nimmt
entstehen wir aus Geben und aus Nehmen:
ein Schwankendes, sich Wandelndes, ein Schemen
und doch in unserer Seele so bestimmt

hindurchzugehn durch dieses Sich-verschieben
unangezweifelt, aufrecht, unbeirrt

von Tag zu Nacht, von Nacht zu Tag getrieben,
aus denen unaufhaltsam Leben wird

von unserm Leben, Blut von unserm Blut,
Lust von der unsern, Leid das wir erkennen,
von dem wir uns auf einmal wieder trennen
weil unsre Seele, einsam, schon geruht

vorauszugehn …

Noch ruf ich nicht. Die Nacht ist lang und kühl.
Noch ruf ich dich nicht wieder zu Gestalten.
Wann ist es Zeit, die hohle Hand zu halten
unter ein immer fließendes Gefühl?
Trinkst du es nicht, so geht es in dein Land
vertieft sich drin und tränkt dir dein Gedeihen –

Kore

Kore, wie sehnst du dich so
nach den wilden Gängen
in den Felsen die hängen
über dem Drängen des Meeres:
Kore, wie sehnst du dich so.

Dort, an der nahen Gefahr
gehst du sicher, du Blinde,
in die Winde gehüllt
als wär es dein Haar.
Blumen mit einem hellen
Blick der dem deinen gleicht
stehn wo sie keiner erreicht,
haben es leicht
an den schrecklichsten Stellen.
Kore, wer bist du. Wer?
Sind das deine wirklichen Tage?
Was trägst du für eine Sage
zurück in die vage Wildnis
über dem schweren Meer.

Die Nacht der Frühlingswende

(Capri, 1907)

Ein Netz von raschen Schattenmaschen schleift
über aus Mond gemachte Gartenwege,
als ob Gefangenes sich drinnen rege,
das ein Entfernter groß zusammengreift.

Gefangner Duft, der widerstrebend bleibt.
Doch plötzlich ists, als risse eine Welle

das Netz entzwei an einer hellen Stelle,
und alles fließt dahin und flieht und treibt ....

Noch einmal blättert, den wir lange kannten,
der weite Nachtwind in den harten Bäumen;
doch drüber stehen, stark und diamanten,
in tiefen feierlichen Zwischenräumen,
die großen Sterne einer Frühlingsnacht.

Der Goldschmied

Warte! Langsam! droh ich jedem Ringe
und vertröste jedes Kettenglied:
später, draußen, kommt das, was geschieht.
Dinge, sag ich, Dinge, Dinge, Dinge!
wenn ich schmiede; vor dem Schmied
hat noch keines irgendwas zu sein
oder ein Geschick auf sich zu laden.
Hier sind alle gleich, von Gottes Gnaden:
ich, das Gold, das Feuer und der Stein.

Ruhig, ruhig, ruf nicht so, Rubin!
Diese Perle leidet, und es fluten

Wassertiefen im Aquamarin.
Dieser Umgang mit euch Ausgeruhten
ist ein Schrecken: alle wacht ihr auf!
Wollt ihr Bläue blitzen? Wollt ihr bluten?
Ungeheuer funkelt mir der Hauf.

Und das Gold, es scheint mit mir verständigt;
in der Flamme hab ich es gebändigt,
aber reizen muss ichs um den Stein.
Und auf einmal, um den Stein zu fassen,
schlägt das Raubding mit metallnem Hassen
seine Krallen in mich selber ein.

Immer noch und wie am ersten Tage
ist uns dies: dass wir nicht sind, zuviel,
und wir heben diese schwere Klage
immer wieder in das Saitenspiel
wenn die Liebesklagen, die wir hoben,
es nicht füllen. Ach sie waren leicht.
Aber diese schwere bleibt nicht oben:
kaum hat sie den Rand erreicht
fällt sie wieder

Sterne hinter Oliven

Geliebter, den so vieles irre macht,
neig dich zurück bis du im lautern Laube
die Stellen siehst, die Sterne sind. Ich glaube
die Erde ist nicht anders als die Nacht.

Sieh, wie im selbstvergessenen Geäste
das Nächste sich mit Namenlosem mischt;
man zeigt uns dies; man hält uns nicht wie Gäste
die man nur nimmt, erheitert und erfrischt.

Wie sehr wir auch auf diesen Wegen litten,
wir haben nicht den Garten abgenützt,
und Stunden, größere als wir erbitten,
tasten nach uns und gehn auf uns gestützt.

Für Lia Rosen

Wer weiß denn was wir werden? Dass wir sind,
ist ein Gerücht an das wir wieder glauben
sooft wir fühlen: einmal war ich Kind.
Doch schon das Nächste kommt zu groß und rinnt
durch uns wie Wind im Herbst durch leere Lauben.

TAGE, WENN sie scheinbar uns entgleiten,
gleiten leise doch in uns hinein,
aber wir verwandeln alle Zeiten;
denn wir sehnen uns zu sein ....

Nächtlicher Gang

Nichts ist vergleichbar. Denn was ist nicht ganz
mit sich allein und was je auszusagen;
wir nennen nichts, wir dürfen nur ertragen
und uns verständigen, dass da ein Glanz
und dort ein Blick vielleicht uns so gestreift
als wäre grade *das* darin gelebt
was unser Leben ist. Wer widerstrebt
dem wird nicht Welt. Und wer zuviel begreift
dem geht das Ewige vorbei. Zuweilen
in solchen großen Nächten sind wir wie
außer Gefahr, in gleichen leichten Teilen
den Sternen ausgeteilt. Wie drängen sie.

Die Liebenden

Sieh, wie sie zu einander erwachsen:
in ihren Adern wird alles Geist.
Ihre Gestalten beben wie Achsen,
um die es heiß und hinreißend kreist.

Dürstende, und sie bekommen zu trinken,
Wache und sieh: sie bekommen zu sehn.
Lass sie ineinander sinken,
um einander zu überstehn.

Vergiss, vergiss und lass uns jetzt nur dies
erleben, wie die Sterne durch geklärten
Nachthimmel dringen; wie der Mond die Gärten
voll übersteigt. Wir fühlten längst schon, wies
spiegelnder wird im Dunkel; wie ein Schein
entsteht, ein weißer Schatten in dem Glanz
der Dunkelheit. Nun aber lass uns ganz
hinübertreten in die Welt hinein
die monden ist –

Dein Herz sei wie ein Nest im Unerreichten.
Hilf keinem zu der Wildnis deines Baus,
doch manchmal wirf am Morgen einen leichten
neuflüggen Engel in die Himmel aus.

Früher Apollo

Wie manches Mal durch das noch unbelaubte
Gezweig ein Morgen durchsieht, der schon ganz
im Frühling ist: so ist in seinem Haupte
nichts was verhindern könnte, dass der Glanz

aller Gedichte uns fast tödlich träfe;
denn noch kein Schatten ist in seinem Schaun,
zu kühl für Lorbeer sind noch seine Schläfe
und später erst wird aus den Augenbraun

hochstämmig sich der Rosengarten heben,
aus welchem Blätter, einzeln, ausgelöst
hintreiben werden auf des Mundes Beben,

der jetzt noch still ist, nie gebraucht und blinkend
und nur mit seinem Lächeln etwas trinkend
als würde ihm sein Singen eingeflößt.

Mädchen-Klage

Diese Neigung, in den Jahren,
da wir alle Kinder waren,
viel allein zu sein, war mild;
andern ging die Zeit im Streite,

und man hatte seine Seite,
seine Nähe, seine Weite,
einen Weg, ein Tier, ein Bild.

Und ich dachte noch, das Leben
hörte niemals auf zu geben,
dass man sich in sich besinnt.
Bin ich in mir nicht im Größten?
Will mich Meines nicht mehr trösten
und verstehen wie als Kind?

Plötzlich bin ich wie verstoßen,
und zu einem Übergroßen
wird mir diese Einsamkeit,
wenn, auf meiner Brüste Hügeln
stehend, mein Gefühl nach Flügeln
oder einem Ende schreit.

Liebes-Lied

Wie soll ich meine Seele halten, dass
sie nicht an deine rührt? Wie soll ich sie
hinheben über dich zu andern Dingen?
Ach gerne möcht ich sie bei irgendwas

Verlorenem im Dunkel unterbringen
an einer fremden stillen Stelle, die
nicht weiterschwingt, wenn deine Tiefen schwingen.
Doch alles, was uns anrührt, dich und mich,
nimmt uns zusammen wie ein Bogenstrich,
der aus zwei Saiten *eine* Stimme zieht.
Auf welches Instrument sind wir gespannt?
Und welcher Spieler hat uns in der Hand?
O süßes Lied.

Der Tod des Dichters

Er lag. Sein aufgestelltes Antlitz war
bleich und verweigernd in den steilen Kissen,
seitdem die Welt und dieses von-ihr-Wissen,
von seinen Sinnen abgerissen,
zurückfiel an das teilnahmslose Jahr.

Die, so ihn leben sahen, wussten nicht,
wie sehr er Eines war mit allem diesen;
denn Dieses: diese Tiefen, diese Wiesen
und diese Wasser *waren* sein Gesicht.

O sein Gesicht war diese ganze Weite,
die jetzt noch zu ihm will und um ihn wirbt;

und seine Maske, die nun bang verstirbt,
ist zart und offen wie die Innenseite
von einer Frucht, die an der Luft verdirbt.

Buddha

Als ob er horchte. Stille: eine Ferne …
Wir halten ein und hören sie nicht mehr.
Und er ist Stern. Und andre große Sterne,
die wir nicht sehen, stehen um ihn her.

O er ist Alles. Wirklich, warten wir,
dass er uns sähe? Sollte er bedürfen?
Und wenn wir hier uns vor ihm niederwürfen,
er bliebe tief und träge wie ein Tier.

Denn das, was uns zu seinen Füßen reißt,
das kreist in ihm seit Millionen Jahren.
Er, der vergisst was wir erfahren
und der erfährt was uns verweist.

L'Ange du Méridien

Chartres

Im Sturm, der um die starke Kathedrale
wie ein Verneiner stürzt der denkt und denkt,
fühlt man sich zärtlicher mit einem Male
von deinem Lächeln zu dir hingelenkt:

lächelnder Engel, fühlende Figur,
mit einem Mund, gemacht aus hundert Munden:
gewahrst du gar nicht, wie dir unsre Stunden
abgleiten von der vollen Sonnenuhr,

auf der des Tages ganze Zahl zugleich,
gleich wirklich, steht in tiefem Gleichgewichte,
als wären alle Stunden reif und reich.

Was weißt du, Steinerner, von unserm Sein?
und hältst du mit noch seligerm Gesichte
vielleicht die Tafel in die Nacht hinein?

Die Kathedrale

In jenen kleinen Städten, wo herum
die alten Häuser wie ein Jahrmarkt hocken,
der *sie* bemerkt hat plötzlich und, erschrocken,
die Buden zumacht und, ganz zu und stumm,

die Schreier still, die Trommeln angehalten,
zu ihr hinaufhorcht aufgeregten Ohrs –:
dieweil sie ruhig immer in dem alten
Faltenmantel ihrer Contreforts
dasteht und von den Häusern gar nicht weiß:

in jenen kleinen Städten kannst du sehn,
wie sehr entwachsen ihrem Umgangskreis
die Kathedralen waren. Ihr Erstehn
ging über alles fort, so wie den Blick
des eignen Lebens viel zu große Nähe
fortwährend übersteigt, und als geschähe
nichts anderes; als wäre Das Geschick,
was sich in ihnen aufhäuft ohne Maßen,
versteinert und zum Dauernden bestimmt,
nicht Das, was unten in den dunkeln Straßen
vom Zufall irgendwelche Namen nimmt
und darin geht, wie Kinder Grün und Rot
und was der Krämer hat als Schürze tragen.
Da war Geburt in diesen Unterlagen,
und Kraft und Andrang war in diesem Ragen
und Liebe überall wie Wein und Brot,
und die Portale voller Liebesklagen.
Das Leben zögerte im Stundenschlagen,
und in den Türmen, welche voll Entsagen
auf einmal nicht mehr stiegen, war der Tod.

Das Kapitäl

Wie sich aus eines Traumes Ausgeburten
aufsteigend aus verwirrendem Gequäl
der nächste Tag erhebt: so gehn die Gurten
der Wölbung aus dem wirren Kapitäl

und lassen drin, gedrängt und rätselhaft
verschlungen, flügelschlagende Geschöpfe:
ihr Zögern und das Plötzliche der Köpfe
und jene starken Blätter, deren Saft

wie Jähzorn steigt, sich schließlich überschlagend
in einer schnellen Geste, die sich ballt
und sich heraushält –: alles aufwärtsjagend,

was immer wieder mit dem Dunkel kalt
herunterfällt, wie Regen Sorge tragend
für dieses alten Wachstums Unterhalt.

Morgue

Da liegen sie bereit, als ob es gälte,
nachträglich eine Handlung zu erfinden,
die miteinander und mit dieser Kälte
sie zu versöhnen weiß und zu verbinden;

denn das ist alles noch wie ohne Schluss.
Was für ein Name hätte in den Taschen
sich finden sollen? An dem Überdruss
um ihren Mund hat man herumgewaschen:

er ging nicht ab; er wurde nur ganz rein.
Die Bärte stehen, noch ein wenig härter,
doch ordentlicher im Geschmack der Wärter,

nur um die Gaffenden nicht anzuwidern.
Die Augen haben hinter ihren Lidern
sich umgewandt und schauen jetzt hinein.

Der Panther

Im Jardin des Plantes, Paris

Sein Blick ist vom Vorübergehn der Stäbe
so müd geworden, dass er nichts mehr hält.
Ihm ist, als ob es tausend Stäbe gäbe
und hinter tausend Stäben keine Welt.

Der weiche Gang geschmeidig starker Schritte,
der sich im allerkleinsten Kreise dreht,
ist wie ein Tanz von Kraft um eine Mitte,
in der betäubt ein großer Wille steht.

Nur manchmal schiebt der Vorhang der Pupille
sich lautlos auf –. Dann geht ein Bild hinein,
geht durch der Glieder angespannte Stille –
und hört im Herzen auf zu sein.

Die Gazelle

Gazella Dorcas

Verzauberte: wie kann der Einklang zweier
erwählter Worte je den Reim erreichen,
der in dir kommt und geht, wie auf ein Zeichen.
Aus deiner Stirne steigen Laub und Leier,

und alles Deine geht schon im Vergleich
durch Liebeslieder, deren Worte, weich
wie Rosenblätter, dem, der nicht mehr liest,
sich auf die Augen legen, die er schließt:

um dich zu sehen: hingetragen, als
wäre mit Sprüngen jeder Lauf geladen
und schösse nur nicht ab, solang der Hals

das Haupt ins Horchen hält: wie wenn beim Baden
im Wald die Badende sich unterbricht:
den Waldsee im gewendeten Gesicht.

Das Einhorn

Der Heilige hob das Haupt, und das Gebet
fiel wie ein Helm zurück von seinem Haupte:
denn lautlos nahte sich das nie geglaubte,
das weiße Tier, das wie eine geraubte
hülflose Hindin mit den Augen fleht.

Der Beine elfenbeinernes Gestell
bewegte sich in leichten Gleichgewichten,
ein weißer Glanz glitt selig durch das Fell,
und auf der Tierstirn, auf der stillen, lichten,
stand, wie ein Turm im Mond, das Horn so hell,
und jeder Schritt geschah, es aufzurichten.

Das Maul mit seinem rosagrauen Flaum
war leicht gerafft, sodass ein wenig Weiß
(weißer als alles) von den Zähnen glänzte;
die Nüstern nahmen auf und lechzten leis.
Doch seine Blicke, die kein Ding begrenzte,
warfen sich Bilder in den Raum
und schlossen einen blauen Sagenkreis.

Der Engel

Mit einem Neigen seiner Stirne weist
er weit von sich was einschränkt und verpflichtet;
denn durch sein Herz geht riesig aufgerichtet
das ewig Kommende das kreist.

Die tiefen Himmel stehn ihm voll Gestalten,
und jede kann ihm rufen: komm, erkenn –.
Gib seinen leichten Händen nichts zu halten
aus deinem Lastenden. Sie kämen denn

bei Nacht zu dir, dich ringender zu prüfen,
und gingen wie Erzürnte durch das Haus
und griffen dich als ob sie dich erschüfen
und brächen dich aus deiner Form heraus.

Römische Sarkophage

Was aber hindert uns zu glauben, dass
(so wie wir hingestellt sind und verteilt)
nicht eine kleine Zeit nur Drang und Hass
und dies Verwirrende in uns verweilt,

wie einst in dem verzierten Sarkophag
bei Ringen, Götterbildern, Gläsern, Bändern,

in langsam sich verzehrenden Gewändern
ein langsam Aufgelöstes lag –

bis es die unbekannten Munde schluckten,
die niemals reden. (Wo besteht und denkt
ein Hirn, um ihrer einst sich zu bedienen?)

Da wurde von den alten Aquädukten
ewiges Wasser in sie eingelenkt –:
das spiegelt jetzt und geht und glänzt in ihnen.

Der Schwan

Diese Mühsal, durch noch Ungetanes
schwer und wie gebunden hinzugehn,
gleicht dem ungeschaffnen Gang des Schwanes.

Und das Sterben, dieses Nichtmehrfassen
jenes Grunds, auf dem wir täglich stehn,
seinem ängstlichen Sich-Niederlassen –:

in die Wasser, die ihn sanft empfangen
und die sich, wie glücklich und vergangen,
unter ihm zurückziehn, Flut um Flut;
während er unendlich still und sicher

immer mündiger und königlicher
und gelassener zu ziehn geruht.

Kindheit

Es wäre gut viel nachzudenken, um
von so Verlornem etwas auszusagen,
von jenen langen Kindheit-Nachmittagen,
die so nie wiederkamen – und warum?

Noch mahnt es uns –: vielleicht in einem Regnen,
aber wir wissen nicht mehr was das soll;
nie wieder war das Leben von Begegnen,
von Wiedersehn und Weitergehn so voll

wie damals, da uns nichts geschah als nur
was einem Ding geschieht und einem Tiere:
da lebten wir, wie Menschliches, das Ihre
und wurden bis zum Rande voll Figur.

Und wurden so vereinsamt wie ein Hirt
und so mit großen Fernen überladen
und wie von weit berufen und berührt
und langsam wie ein langer neuer Faden
in jene Bilder-Folgen eingeführt,
in welchen nun zu dauern uns verwirrt.

Der Dichter

Du entfernst dich von mir, du Stunde.
Wunden schlägt mir dein Flügelschlag.
Allein: was soll ich mit meinem Munde?
mit meiner Nacht? mit meinem Tag?

Ich habe keine Geliebte, kein Haus,
keine Stelle auf der ich lebe.
Alle Dinge, an die ich mich gebe,
werden reich und geben mich aus.

Die Erwachsene

Das alles stand auf ihr und war die Welt
und stand auf ihr mit allem, Angst und Gnade,
wie Bäume stehen, wachsend und gerade,
ganz Bild und bildlos wie die Bundeslade
und feierlich, wie auf ein Volk gestellt.

Und sie ertrug es; trug bis obenhin
das Fliegende, Entfliehende, Entfernte,
das Ungeheuere, noch Unerlernte
gelassen wie die Wasserträgerin
den vollen Krug. Bis mitten unterm Spiel,

verwandelnd und auf andres vorbereitend,
der erste weiße Schleier, leise gleitend,
über das aufgetane Antlitz fiel

fast undurchsichtig und sich nie mehr hebend
und irgendwie auf alle Fragen ihr
nur eine Antwort vage wiedergebend:
In dir, du Kindgewesene, in dir.

Die Erblindende

Sie saß so wie die anderen beim Tee.
Mir war zuerst, als ob sie ihre Tasse
ein wenig anders als die andern fasse.
Sie lächelte einmal. Es tat fast weh.

Und als man schließlich sich erhob und sprach
und langsam und wie es der Zufall brachte
durch viele Zimmer ging (man sprach und lachte),
da sah ich sie. Sie ging den andern nach,

verhalten, so wie eine, welche gleich
wird singen müssen und vor vielen Leuten;
auf ihren hellen Augen die sich freuten
war Licht von außen wie auf einem Teich.

Sie folgte langsam und sie brauchte lang
als wäre etwas noch nicht überstiegen;
und doch: als ob, nach einem Übergang,
sie nicht mehr gehen würde, sondern fliegen.

Abschied

Wie hab ich das gefühlt was Abschied heißt.
Wie weiß ichs noch: ein dunkles unverwundnes
grausames Etwas, das ein Schönverbundnes
noch einmal zeigt und hinhält und zerreißt.

Wie war ich ohne Wehr, dem zuzuschauen,
das, da es mich, mich rufend, gehen ließ,
zurückblieb, so als wärens alle Frauen
und dennoch klein und weiß und nichts als dies:

Ein Winken, schon nicht mehr auf mich bezogen,
ein leise Weiterwinkendes –, schon kaum
erklärbar mehr: vielleicht ein Pflaumenbaum,
von dem ein Kuckuck hastig abgeflogen.

Todes-Erfahrung

Wir wissen nichts von diesem Hingehn, das
nicht mit uns teilt. Wir haben keinen Grund,
Bewunderung und Liebe oder Hass
dem Tod zu zeigen, den ein Maskenmund

tragischer Klage wunderlich entstellt.
Noch ist die Welt voll Rollen, die wir spielen.
Solang wir sorgen, ob wir auch gefielen,
spielt auch der Tod, obwohl er nicht gefällt.

Doch als du gingst, da brach in diese Bühne
ein Streifen Wirklichkeit durch jenen Spalt
durch den du hingingst: Grün wirklicher Grüne,
wirklicher Sonnenschein, wirklicher Wald.

Wir spielen weiter. Bang und schwer Erlerntes
hersagend und Gebärden dann und wann
aufhebend; aber dein von uns entferntes,
aus unserm Stück entrücktes Dasein kann

uns manchmal überkommen, wie ein Wissen
von jener Wirklichkeit sich niedersenkend,
sodass wir eine Weile hingerissen
das Leben spielen, nicht an Beifall denkend.

Blaue Hortensie

So wie das letzte Grün in Farbentiegeln
sind diese Blätter, trocken, stumpf und rau,
hinter den Blütendolden, die ein Blau
nicht auf sich tragen, nur von ferne spiegeln.

Sie spiegeln es verweint und ungenau,
als wollten sie es wiederum verlieren,
und wie in alten blauen Briefpapieren
ist Gelb in ihnen, Violett und Grau;

Verwaschnes wie an einer Kinderschürze,
Nichtmehrgetragnes, dem nichts mehr geschieht:
wie fühlt man eines kleinen Lebens Kürze.

Doch plötzlich scheint das Blau sich zu verneuen
in einer von den Dolden, und man sieht
ein rührend Blaues sich vor Grünem freuen.

Vor dem Sommerregen

Auf einmal ist aus allem Grün im Park
man weiß nicht was, ein Etwas, fortgenommen;
man fühlt ihn näher an die Fenster kommen
und schweigsam sein. Inständig nur und stark

ertönt aus dem Gehölz der Regenpfeifer,
man denkt an einen Hieronymus:
so sehr steigt irgend Einsamkeit und Eifer
aus dieser einen Stimme, die der Guss

erhören wird. Des Saales Wände sind
mit ihren Bildern von uns fortgetreten,
als dürften sie nicht hören was wir sagen.

Es spiegeln die verblichenen Tapeten
das ungewisse Licht von Nachmittagen,
in denen man sich fürchtete als Kind.

Letzter Abend

(Aus dem Besitze Frau Nonnas)

Und Nacht und fernes Fahren; denn der Train
des ganzen Heeres zog am Park vorüber.
Er aber hob den Blick vom Clavecin
und spielte noch und sah zu ihr hinüber

beinah wie man in einen Spiegel schaut:
so sehr erfüllt von seinen jungen Zügen
und wissend, wie sie seine Trauer trügen,
schön und verführender bei jedem Laut.

Doch plötzlich wars, als ob sich das verwische:
sie stand wie mühsam in der Fensternische
und hielt des Herzens drängendes Geklopf.

Sein Spiel gab nach. Von draußen wehte Frische.
Und seltsam fremd stand auf dem Spiegeltische
der schwarze Tschako mit dem Totenkopf.

Jugend-Bildnis meines Vaters

Im Auge Traum. Die Stirn wie in Berührung
mit etwas Fernem. Um den Mund enorm
viel Jugend, ungelächelte Verführung,
und vor der vollen schmückenden Verschnürung
der schlanken adeligen Uniform
der Säbelkorb und beide Hände –, die
abwarten, ruhig, zu nichts hingedrängt.
Und nun fast nicht mehr sichtbar: als ob sie
zuerst, die Fernes greifenden, verschwänden.
Und alles andre mit sich selbst verhängt
und ausgelöscht als ob wirs nicht verständen
und tief aus seiner eignen Tiefe trüb –.

Du schnell vergehendes Daguerreotyp
in meinen langsamer vergehenden Händen.

Buddha

Schon von ferne fühlt der fremde scheue
Pilger, wie es golden von ihm träuft;
so als hätten Reiche voller Reue
ihre Heimlichkeiten aufgehäuft.

Aber näher kommend wird er irre
vor der Hoheit dieser Augenbraun:
denn das sind nicht ihre Trinkgeschirre
und die Ohrgehänge ihrer Fraun.

Wüsste einer denn zu sagen, welche
Dinge eingeschmolzen wurden, um
dieses Bild auf diesem Blumenkelche

aufzurichten: stummer, ruhiggelber
als ein goldenes und rundherum
auch den Raum berührend wie sich selber.

Römische Fontäne
Borghese

Zwei Becken, eins das andre übersteigend
aus einem alten runden Marmorrand,

und aus dem oberen Wasser leis sich neigend
zum Wasser, welches unten wartend stand,

dem leise redenden entgegenschweigend
und heimlich, gleichsam in der hohlen Hand,
ihm Himmel hinter Grün und Dunkel zeigend
wie einen unbekannten Gegenstand;

sich selber ruhig in der schönen Schale
verbreitend ohne Heimweh, Kreis aus Kreis,
nur manchmal träumerisch und tropfenweis

sich niederlassend an den Moosbehängen
zum letzten Spiegel, der sein Becken leis
von unten lächeln macht mit Übergängen.

Das Karussell

Jardin du Luxembourg

Mit einem Dach und seinem Schatten dreht
sich eine kleine Weile der Bestand
von bunten Pferden, alle aus dem Land,
das lange zögert, eh es untergeht.
Zwar manche sind an Wagen angespannt,
doch alle haben Mut in ihren Mienen;

ein böser roter Löwe geht mit ihnen
und dann und wann ein weißer Elefant.

Sogar ein Hirsch ist da, ganz wie im Wald,
nur dass er einen Sattel trägt und drüber
ein kleines blaues Mädchen aufgeschnallt.

Und auf dem Löwen reitet weiß ein Junge
und hält sich mit der kleinen heißen Hand,
dieweil der Löwe Zähne zeigt und Zunge.

Und dann und wann ein weißer Elefant.

Und auf den Pferden kommen sie vorüber,
auch Mädchen, helle, diesem Pferdesprunge
fast schon entwachsen; mitten in dem Schwunge
schauen sie auf, irgendwohin, herüber –

Und dann und wann ein weißer Elefant.

Und das geht hin und eilt sich, dass es endet,
und kreist und dreht sich nur und hat kein Ziel.
Ein Rot, ein Grün, ein Grau vorbeigesendet,
ein kleines kaum begonnenes Profil –.
Und manchesmal ein Lächeln, hergewendet,
ein seliges, das blendet und verschwendet
an dieses atemlose blinde Spiel …

Quai du Rosaire
Brügge

Die Gassen haben einen sachten Gang
(wie manchmal Menschen gehen im Genesen
nachdenkend: was ist früher hier gewesen?)
und die an Plätze kommen, warten lang

auf eine andre, die mit einem Schritt
über das abendklare Wasser tritt,
darin, je mehr sich rings die Dinge mildern,
die eingehängte Welt von Spiegelbildern
so wirklich wird wie diese Dinge nie.

Verging nicht diese Stadt? Nun siehst du, wie
(nach einem unbegreiflichen Gesetz)
sie wach und deutlich wird im Umgestellten,
als wäre dort das Leben nicht so selten;
dort hängen jetzt die Gärten groß und gelten,
dort dreht sich plötzlich hinter schnell erhellten
Fenstern der Tanz in den Estaminets.

Und oben blieb? – – Die Stille nur, ich glaube,
und kostet langsam und von nichts gedrängt
Beere um Beere aus der süßen Traube
des Glockenspiels, das in den Himmeln hängt.

Die Insel

Nordsee

I

Die nächste Flut verwischt den Weg im Watt,
und alles wird auf allen Seiten gleich;
die kleine Insel draußen aber hat
die Augen zu; verwirrend kreist der Deich

um ihre Wohner, die in einen Schlaf
geboren werden, drin sie viele Welten
verwechseln, schweigend; denn sie reden selten,
und jeder Satz ist wie ein Epitaph

für etwas Angeschwemmtes, Unbekanntes,
das unerklärt zu ihnen kommt und bleibt.
Und so ist alles was ihr Blick beschreibt

von Kindheit an: nicht auf sie Angewandtes,
zu Großes, Rücksichtsloses, Hergesandtes,
das ihre Einsamkeit noch übertreibt.

II

Als läge er in einem Krater-Kreise
auf einem Mond: ist jeder Hof umdämmt,
und drin die Gärten sind auf gleiche Weise
gekleidet und wie Waisen gleich gekämmt

von jenem Sturm, der sie so rau erzieht
und tagelang sie bange macht mit Toden.
Dann sitzt man in den Häusern drin und sieht
in schiefen Spiegeln was auf den Kommoden

Seltsames steht. Und einer von den Söhnen
tritt abends vor die Tür und zieht ein Tönen
aus der Harmonika wie Weinen weich;

so hörte ers in einem fremden Hafen –.
Und draußen formt sich eines von den Schafen
ganz groß, fast drohend, auf dem Außendeich.

III

Nah ist nur Innres; alles andre fern.
Und dieses Innere gedrängt und täglich
mit allem überfüllt und ganz unsäglich.
Die Insel ist wie ein zu kleiner Stern

welchen der Raum nicht merkt und stumm zerstört
in seinem unbewussten Furchtbarsein,
sodass er, unerhellt und überhört,
allein

damit dies alles doch ein Ende nehme
dunkel auf einer selbst erfundnen Bahn
versucht zu gehen, blindlings, nicht im Plan
der Wandelsterne, Sonnen und Systeme.

Hetären-Gräber

In ihren langen Haaren liegen sie
mit braunen, tief in sich gegangenen Gesichtern.
Die Augen zu wie vor zu vieler Ferne.
Skelette, Munde, Blumen. In den Munden
die glatten Zähne wie ein Reise-Schachspiel
aus Elfenbein in Reihen aufgestellt.
Und Blumen, gelbe Perlen, schlanke Knochen,
Hände und Hemden, welkende Gewebe
über dem eingestürzten Herzen. Aber
dort unter jenen Ringen, Talismanen
und augenblauen Steinen (Lieblings-Angedenken)
steht noch die stille Krypta des Geschlechtes,
bis an die Wölbung voll mit Blumenblättern.
Und wieder gelbe Perlen, weitverrollte, –

Schalen gebrannten Tones, deren Bug
ihr eignes Bild geziert hat, grüne Scherben
von Salben-Vasen, die wie Blumen duften,
und Formen kleiner Götter: Hausaltäre,
Hetärenhimmel mit entzückten Göttern.
Gesprengte Gürtel, flache Skarabäen,
kleine Figuren riesigen Geschlechtes,
ein Mund der lacht und Tanzende und Läufer,
goldene Fibeln, kleinen Bogen ähnlich
zur Jagd auf Tier- und Vogelamulette,
und lange Nadeln, zieres Hausgeräte
und eine runde Scherbe roten Grundes,
darauf, wie eines Eingangs schwarze Aufschrift,
die straffen Beine eines Viergespannes.
Und wieder Blumen, Perlen, die verrollt sind,
die hellen Lenden einer kleinen Leier,
und zwischen Schleiern, die gleich Nebeln fallen,
wie ausgekrochen aus des Schuhes Puppe:
des Fußgelenkes leichter Schmetterling.

So liegen sie mit Dingen angefüllt,
kostbaren Dingen, Steinen, Spielzeug, Hausrat,
zerschlagnem Tand (was alles in sie abfiel),
und dunkeln wie der Grund von einem Fluss.

Flussbetten waren sie,
darüber hin in kurzen schnellen Wellen

(die weiter wollten zu dem nächsten Leben)
die Leiber vieler Jünglinge sich stürzten
und in denen der Männer Ströme rauschten.
Und manchmal brachen Knaben aus den Bergen
der Kindheit, kamen zagen Falles nieder
und spielten mit den Dingen auf dem Grunde,
bis das Gefälle ihr Gefühl ergriff:

Dann füllten sie mit flachem klaren Wasser
die ganze Breite dieses breiten Weges
und trieben Wirbel an den tiefen Stellen;
und spiegelten zum ersten Mal die Ufer
und ferne Vogelrufe –, während hoch
die Sternennächte eines süßen Landes
in Himmel wuchsen, die sich nirgends schlossen.

Orpheus. Eurydike. Hermes

Das war der Seelen wunderliches Bergwerk.
Wie stille Silbererze gingen sie
als Adern durch sein Dunkel. Zwischen Wurzeln
entsprang das Blut, das fortgeht zu den Menschen,
und schwer wie Porphyr sah es aus im Dunkel.
Sonst war nichts Rotes.

Felsen waren da
und wesenlose Wälder. Brücken über Leeres
und jener große graue blinde Teich,
der über seinem fernen Grunde hing
wie Regenhimmel über einer Landschaft.
Und zwischen Wiesen, sanft und voller Langmut,
erschien des einen Weges blasser Streifen,
wie eine lange Bleiche hingelegt.

Und dieses einen Weges kamen sie.

Voran der schlanke Mann im blauen Mantel,
der stumm und ungeduldig vor sich aussah.
Ohne zu kauen fraß sein Schritt den Weg
in großen Bissen; seine Hände hingen
schwer und verschlossen aus dem Fall der Falten
und wussten nicht mehr von der leichten Leier,
die in die Linke eingewachsen war
wie Rosenranken in den Ast des Ölbaums.
Und seine Sinne waren wie entzweit:
indes der Blick ihm wie ein Hund vorauslief,
umkehrte, kam und immer wieder weit
und wartend an der nächsten Wendung stand, –
blieb sein Gehör wie ein Geruch zurück.
Manchmal erschien es ihm als reichte es
bis an das Gehen jener beiden andern,
die folgen sollten diesen ganzen Aufstieg.

Dann wieder wars nur seines Steigens Nachklang
und seines Mantels Wind was hinter ihm war.
Er aber sagte sich, sie kämen doch;
sagte es laut und hörte sich verhallen.
Sie kämen doch, nur wärens zwei
die furchtbar leise gingen. Dürfte er
sich einmal wenden (wäre das Zurückschaun
nicht die Zersetzung dieses ganzen Werkes,
das erst vollbracht wird), müsste er sie sehen,
die beiden Leisen, die ihm schweigend nachgehn:

Den Gott des Ganges und der weiten Botschaft,
die Reisehaube über hellen Augen,
den schlanken Stab hertragend vor dem Leibe
und flügelschlagend an den Fußgelenken;
und seiner linken Hand gegeben: *sie.*

Die So-geliebte, dass aus einer Leier
mehr Klage kam als je aus Klagefrauen;
dass eine Welt aus Klage ward, in der
alles noch einmal da war: Wald und Tal
und Weg und Ortschaft, Feld und Fluss und Tier;
und dass um diese Klage-Welt, ganz so
wie um die andre Erde, eine Sonne
und ein gestirnter stiller Himmel ging,
ein Klage-Himmel mit entstellten Sternen –:
Diese So-geliebte.

Sie aber ging an jenes Gottes Hand,
den Schritt beschränkt von langen Leichenbändern,
unsicher, sanft und ohne Ungeduld.
Sie war in sich, wie Eine hoher Hoffnung,
und dachte nicht des Mannes, der voranging,
und nicht des Weges, der ins Leben aufstieg.
Sie war in sich. Und ihr Gestorbensein
erfüllte sie wie Fülle.
Wie eine Frucht von Süßigkeit und Dunkel
so war sie voll von ihrem großen Tode,
der also neu war, dass sie nichts begriff.

Sie war in einem neuen Mädchentum
und unberührbar; ihr Geschlecht war zu
wie eine junge Blume gegen Abend,
und ihre Hände waren der Vermählung
so sehr entwöhnt, dass selbst des leichten Gottes
unendlich leise, leitende Berührung
sie kränkte wie zu sehr Vertraulichkeit.

Sie war schon nicht mehr diese blonde Frau,
die in des Dichters Liedern manchmal anklang,
nicht mehr des breiten Bettes Duft und Eiland
und jenes Mannes Eigentum nicht mehr.

Sie war schon aufgelöst wie langes Haar
und hingegeben wie gefallner Regen
und ausgeteilt wie hundertfacher Vorrat.

Sie war schon Wurzel.

Und als plötzlich jäh
der Gott sie anhielt und mit Schmerz im Ausruf
die Worte sprach: Er hat sich umgewendet –,
begriff sie nichts und sagte leise: *Wer?*

Fern aber, dunkel vor dem klaren Ausgang,
stand irgendjemand, dessen Angesicht
nicht zu erkennen war. Er stand und sah,
wie auf dem Streifen eines Wiesenpfades
mit trauervollem Blick der Gott der Botschaft
sich schweigend wandte, der Gestalt zu folgen,
die schon zurückging dieses selben Weges,
den Schritt beschränkt von langen Leichenbändern,
unsicher, sanft und ohne Ungeduld.

Archaïscher Torso Apollos

Wir kannten nicht sein unerhörtes Haupt,
darin die Augenäpfel reiften. Aber
sein Torso glüht noch wie ein Kandelaber,
in dem sein Schauen, nur zurückgeschraubt,

sich hält und glänzt. Sonst könnte nicht der Bug
der Brust dich blenden, und im leisen Drehen

der Lenden könnte nicht ein Lächeln gehen
zu jener Mitte, die die Zeugung trug.

Sonst stünde dieser Stein entstellt und kurz
unter der Schultern durchsichtigem Sturz
und flimmerte nicht so wie Raubtierfelle;

und bräche nicht aus allen seinen Rändern
aus wie ein Stern: denn da ist keine Stelle,
die dich nicht sieht. Du musst dein Leben ändern.

Kretische Artemis

Wind der Vorgebirge: war nicht ihre
Stirne wie ein lichter Gegenstand?
Glatter Gegenwind der leichten Tiere,
formtest du sie: ihr Gewand

bildend an die unbewussten Brüste
wie ein wechselvolles Vorgefühl?
Während sie, als ob sie alles wüsste,
auf das Fernste zu, geschürzt und kühl,

stürmte mit den Nymphen und den Hunden,
ihren Bogen probend, eingebunden
in den harten hohen Gurt;

manchmal nur aus fremden Siedelungen
angerufen und erzürnt bezwungen
von dem Schreien um Geburt.

Leda

Als ihn der Gott in seiner Not betrat,
erschrak er fast, den Schwan so schön zu finden;
er ließ sich ganz verwirrt in ihm verschwinden.
Schon aber trug ihn sein Betrug zur Tat,

bevor er noch des unerprobten Seins
Gefühle prüfte. Und die Aufgetane
erkannte schon den Kommenden im Schwane
und wusste schon: er bat um Eins,

das sie, verwirrt in ihrem Widerstand,
nicht mehr verbergen konnte. Er kam nieder
und halsend durch die immer schwächre Hand

ließ sich der Gott in die Geliebte los.
Dann erst empfand er glücklich sein Gefieder
und wurde wirklich Schwan in ihrem Schoß.

Der Tod der Geliebten

Er wusste nur vom Tod was alle wissen:
dass er uns nimmt und in das Stumme stößt.
Als aber sie, nicht von ihm fortgerissen,
nein, leis aus seinen Augen ausgelöst,

hinüberglitt zu unbekannten Schatten,
und als er fühlte, dass sie drüben nun
wie einen Mond ihr Mädchenlächeln hatten
und ihre Weise wohlzutun:

da wurden ihm die Toten so bekannt,
als wäre er durch sie mit einem jeden
ganz nah verwandt; er ließ die andern reden

und glaubte nicht und nannte jenes Land
das gut gelegene, das immersüße –
Und tastete es ab für ihre Füße.

Der Blinde

Paris

Sieh, er geht und unterbricht die Stadt,
die nicht ist auf seiner dunkeln Stelle,

wie ein dunkler Sprung durch eine helle
Tasse geht. Und wie auf einem Blatt

ist auf ihm der Widerschein der Dinge
aufgemalt; er nimmt ihn nicht hinein.
Nur sein Fühlen rührt sich, so als finge
es die Welt in kleinen Wellen ein:

eine Stille, einen Widerstand –,
und dann scheint er wartend wen zu wählen:
hingegeben hebt er seine Hand,
festlich fast, wie um sich zu vermählen.

Römische Campagna

Aus der vollgestellten Stadt, die lieber
schliefe, träumend von den hohen Thermen,
geht der grade Gräberweg ins Fieber;
und die Fenster in den letzten Fermen

sehn ihm nach mit einem bösen Blick.
Und er hat sie immer im Genick,
wenn er hingeht, rechts und links zerstörend,
bis er draußen atemlos beschwörend

seine Leere zu den Himmeln hebt,
hastig um sich schauend, ob ihn keine
Fenster treffen. Während er den weiten

Aquädukten zuwinkt herzuschreiten,
geben ihm die Himmel für die seine
ihre Leere, die ihn überlebt.

Lied vom Meer

Capri. Piccola Marina

Uraltes Wehn vom Meer,
Meerwind bei Nacht:
du kommst zu keinem her;
wenn einer wacht,
so muss er sehn, wie er
dich übersteht:
uraltes Wehn vom Meer,
welches weht
nur wie für Ur-Gestein,
lauter Raum
reißend von weit herein …

O wie fühlt dich ein
treibender Feigenbaum
oben im Mondschein.

Die Parke

I

Unaufhaltsam heben sich die Parke
aus dem sanft zerfallenden Vergehn;
überhäuft mit Himmeln, überstarke
Überlieferte, die überstehn,

um sich auf den klaren Rasenplänen
auszubreiten und zurückzuziehn,
immer mit demselben souveränen
Aufwand, wie beschützt durch ihn,

und den unerschöpflichen Erlös
königlicher Größe noch vermehrend,
aus sich steigend, in sich wiederkehrend:
huldvoll, prunkend, purpurn und pompös.

II

Leise von den Alleen
ergriffen, rechts und links,
folgend dem Weitergehen
irgendeines Winks,

trittst du mit einem Male
in das Beisammensein
einer schattigen Wasserschale
mit vier Bänken aus Stein;

in eine abgetrennte
Zeit, die allein vergeht.
Auf feuchte Postamente,
auf denen nichts mehr steht,

hebst du einen tiefen
erwartenden Atemzug;
während das silberne Triefen
von dem dunkeln Bug

dich schon zu den Seinen
zählt und weiterspricht.
Und du fühlst dich unter Steinen
die hören, und rührst dich nicht.

III

Den Teichen und den eingerahmten Weihern
verheimlicht man noch immer das Verhör
der Könige. Sie warten unter Schleiern,
und jeden Augenblick kann Monseigneur

vorüberkommen; und dann wollen sie
des Königs Laune oder Trauer mildern
und von den Marmorrändern wieder die
Teppiche mit alten Spiegelbildern

hinunterhängen, wie um einen Platz:
auf grünem Grund, mit Silber, Rosa, Grau,
gewährtem Weiß und leicht gerührtem Blau
und einem Könige und einer Frau
und Blumen in dem wellenden Besatz.

IV

Und Natur, erlaucht und als verletze
sie nur unentschlossnes Ungefähr,
nahm von diesen Königen Gesetze,
selber selig, um den Tapis-vert

ihrer Bäume Traum und Übertreibung
aufzutürmen aus gebauschtem Grün
und die Abende nach der Beschreibung
von Verliebten in die Avenün

einzumalen mit dem weichen Pinsel,
der ein firnisklares aufgelöstes
Lächeln glänzend zu enthalten schien:

der Natur ein liebes, nicht ihr größtes,
aber eines, das sie selbst verliehn,
um auf rosenvoller Liebes-Insel
es zu einem größern aufzuziehn.

V

Götter von Alleen und Altanen,
niemals ganzgeglaubte Götter, die
altern in den gradbeschnittnen Bahnen,
höchstens angelächelte Dianen
wenn die königliche Venerie

wie ein Wind die hohen Morgen teilend
aufbrach, übereilt und übereilend –;
höchstens angelächelte, doch nie

angeflehte Götter. Elegante
Pseudonyme, unter denen man
sich verbarg und blühte oder brannte, –
leichtgeneigte, lächelnd angewandte
Götter, die noch manchmal dann und wann

Das gewähren, was sie einst gewährten,
wenn das Blühen der entzückten Gärten
ihnen ihre kalte Haltung nimmt;

wenn sie ganz von ersten Schatten beben
und Versprechen um Versprechen geben,
alle unbegrenzt und unbestimmt.

VI

Fühlst du, wie keiner von allen
Wegen steht und stockt;
von gelassenen Treppen fallen,
durch ein Nichts von Neigung
leise weitergelockt,
über alle Terrassen
die Wege, zwischen den Massen
verlangsamt und gelenkt,
bis zu den weiten Teichen,
wo sie (wie einem Gleichen)
der reiche Park verschenkt

an den reichen Raum: den Einen,
der mit Scheinen und Widerscheinen
seinen Besitz durchdringt,
aus dem er von allen Seiten
Weiten mit sich bringt,
wenn er aus schließenden Weihern
zu wolkigen Abendfeiern
sich in die Himmel schwingt.

VII

Aber Schalen sind, drin der Najaden
Spiegelbilder, die sie nicht mehr baden,
wie ertrunken liegen, sehr verzerrt;
die Alleen sind durch Balustraden
in der Ferne wie versperrt.

Immer geht ein feuchter Blätterfall
durch die Luft hinunter wie auf Stufen,
jeder Vogelruf ist wie verrufen,
wie vergiftet jede Nachtigall.

Selbst der Frühling ist da nicht mehr gebend,
diese Büsche glauben nicht an ihn;
ungern duftet trübe, überlebend
abgestandener Jasmin

alt und mit Zerfallendem vermischt.
Mit dir weiter rückt ein Bündel Mücken,
so als würde hinter deinem Rücken
alles gleich vernichtet und verwischt.

Spätherbst in Venedig

Nun treibt die Stadt schon nicht mehr wie ein Köder,
der alle aufgetauchten Tage fängt.

Die gläsernen Paläste klingen spröder
an deinen Blick. Und aus den Gärten hängt

der Sommer wie ein Haufen Marionetten
kopfüber, müde, umgebracht.
Aber vom Grund aus alten Waldskeletten
steigt Willen auf: als sollte über Nacht

der General des Meeres die Galeeren
verdoppeln in dem wachen Arsenal,
um schon die nächste Morgenluft zu teeren

mit einer Flotte, welche ruderschlagend
sich drängt und jäh, mit allen Flaggen tagend,
den großen Wind hat, strahlend und fatal.

Die Laute

Ich bin die Laute. Willst du meinen Leib
beschreiben, seine schön gewölbten Streifen:
sprich so, als sprächest du von einer reifen
gewölbten Feige. Übertreib

das Dunkel, das du in mir siehst. Es war
Tullias Dunkelheit. In ihrer Scham

war nicht so viel, und ihr erhelltes Haar
war wie ein heller Saal. Zuweilen nahm

sie etwas Klang von meiner Oberfläche
in ihr Gesicht und sang zu mir.
Dann spannte ich mich gegen ihre Schwäche,
und endlich war mein Inneres in ihr.

Übung am Klavier

Der Sommer summt. Der Nachmittag macht müde;
sie atmete verwirrt ihr frisches Kleid
und legte in die triftige Etüde
die Ungeduld nach einer Wirklichkeit,

die kommen konnte: morgen, heute Abend –,
die vielleicht da war, die man nur verbarg;
und vor den Fenstern, hoch und alles habend,
empfand sie plötzlich den verwöhnten Park.

Da brach sie ab; schaute hinaus, verschränkte
die Hände; wünschte sich ein langes Buch –
und schob auf einmal den Jasmingeruch
erzürnt zurück. Sie fand, dass er sie kränkte.

Die Liebende

Das ist mein Fenster. Eben
bin ich so sanft erwacht.
Ich dachte, ich würde schweben.
Bis wohin reicht mein Leben,
und wo beginnt die Nacht?

Ich könnte meinen, alles
wäre noch Ich ringsum;
durchsichtig wie eines Kristalles
Tiefe, verdunkelt, stumm.

Ich könnte auch noch die Sterne
fassen in mir; so groß
scheint mir mein Herz; so gerne
ließ es ihn wieder los

den ich vielleicht zu lieben,
vielleicht zu halten begann.
Fremd, wie nie beschrieben
sieht mich mein Schicksal an.

Was bin ich unter diese
Unendlichkeit gelegt,
duftend wie eine Wiese,
hin und her bewegt,

rufend zugleich und bange,
dass einer den Ruf vernimmt,
und zum Untergange
in einem Andern bestimmt.

Das Rosen-Innere

Wo ist zu diesem Innen
ein Außen? Auf welches Weh
legt man solches Linnen?
Welche Himmel spiegeln sich drinnen
in dem Binnensee
dieser offenen Rosen,
dieser sorglosen, sieh:
wie sie lose im Losen
liegen, als könnte nie
eine zitternde Hand sie verschütten.
Sie können sich selber kaum
halten; viele ließen
sich überfüllen und fließen
über von Innenraum
in die Tage, die immer
voller und voller sich schließen,
bis der ganze Sommer ein Zimmer
wird, ein Zimmer in einem Traum.

Schlaf-Mohn

Abseits im Garten blüht der böse Schlaf,
in welchem die, die heimlich eingedrungen,
die Liebe fanden junger Spiegelungen,
die willig waren, offen und konkav,

und Träume, die mit aufgeregten Masken
auftraten, riesiger durch die Kothurne –:
das alles stockt in diesen oben flasken
weichlichen Stängeln, die die Samenurne

(nachdem sie lang, die Knospe abwärts tragend,
zu welken meinten) fest verschlossen heben:
gefranste Kelche auseinanderschlagend,
die fieberhaft das Mohngefäß umgeben.

Die Flamingos

Jardin des Plantes, Paris

In Spiegelbildern wie von Fragonard
ist doch von ihrem Weiß und ihrer Röte
nicht mehr gegeben, als dir einer böte,
wenn er von seiner Freundin sagt: sie war

noch sanft von Schlaf. Denn steigen sie ins Grüne
und stehn, auf rosa Stielen leicht gedreht,
beisammen, blühend, wie in einem Beet,
verführen sie verführender als Phryne

sich selber; bis sie ihres Auges Bleiche
hinhalsend bergen in der eignen Weiche,
in welcher Schwarz und Fruchtrot sich versteckt.

Auf einmal kreischt ein Neid durch die Volière;
sie aber haben sich erstaunt gestreckt
und schreiten einzeln ins Imaginäre.

Schlaflied

Einmal wenn ich dich verlier,
wirst du schlafen können, ohne
dass ich wie eine Lindenkrone
mich verflüstre über dir?

Ohne dass ich hier wache und
Worte, beinah wie Augenlider,
auf deine Brüste, auf deine Glieder
niederlege, auf deinen Mund.

Ohne dass ich dich verschließ
und dich allein mit Deinem lasse
wie einen Garten mit einer Masse
von Melissen und Stern-Anis.

Der Pavillon

Aber selbst noch durch die Flügeltüren
mit dem grünen regentrüben Glas
ist ein Spiegeln lächelnder Allüren
und ein Glanz von jenem Glück zu spüren,
das sich dort, wohin sie nicht mehr führen,
einst verbarg, verklärte und vergaß.

Aber selbst noch in den Stein-Guirlanden
über der nicht mehr berührten Tür
ist ein Hang zur Heimlichkeit vorhanden
und ein stilles Mitgefühl dafür –,

und sie schauern manchmal, wie gespiegelt,
wenn ein Wind sie schattig überlief;
auch das Wappen, wie auf einem Brief
viel zu glücklich, überstürzt gesiegelt,

redet noch. Wie wenig man verscheuchte:
alles weiß noch, weint noch, tut noch weh –.
Und im Fortgehn durch die tränenfeuchte
abgelegene Allee

fühlt man lang noch auf dem Rand des Dachs
jene Urnen stehen, kalt, zerspalten:
doch entschlossen, noch zusammzuhalten
um die Asche alter Achs.

Rosa Hortensie

Wer nahm das Rosa an? Wer wusste auch,
dass es sich sammelte in diesen Dolden?
Wie Dinge unter Gold, die sich entgolden,
entröten sie sich sanft, wie im Gebrauch.

Dass sie für solches Rosa nichts verlangen.
Bleibt es für sie und lächelt aus der Luft?
Sind Engel da, es zärtlich zu empfangen,
wenn es vergeht, großmütig wie ein Duft?

Oder vielleicht auch geben sie es preis,
damit es nie erführe vom Verblühn.
Doch unter diesem Rosa hat ein Grün
gehorcht, das jetzt verwelkt und alles weiß.

Das Kind

Unwillkürlich sehn sie seinem Spiel
lange zu; zuweilen tritt das runde
seiende Gesicht aus dem Profil,
klar und ganz wie eine volle Stunde,

welche anhebt und zu Ende schlägt.
Doch die Andern zählen nicht die Schläge,
trüb von Mühsal und vom Leben träge;
und sie merken gar nicht, wie es trägt –,

wie es alles trägt, auch dann, noch immer,
wenn es müde in dem kleinen Kleid
neben ihnen wie im Wartezimmer
sitzt und warten will auf seine Zeit.

Buddha in der Glorie

Mitte aller Mitten, Kern der Kerne,
Mandel, die sich einschließt und versüßt, –
dieses Alles bis an alle Sterne
ist dein Fruchtfleisch: Sei gegrüßt.

Sieh, du fühlst, wie nichts mehr an dir hängt;
im Unendlichen ist deine Schale,

und dort steht der starke Saft und drängt.
Und von außen hilft ihm ein Gestrahle,

denn ganz oben werden deine Sonnen
voll und glühend umgedreht.
Doch in dir ist schon begonnen,
was die Sonnen übersteht.

DEINE SEELE sing ich, die an mir erstandene.
Da ich vorüberging stand sie im Zwischenraum
rufend nicht, winkend nicht, nur wie abhandene
Dinge, erblinkend kaum.
Bin ich ein Engel denn, dass ich sie gleich ergriff?
Brenn ich so hell in dem Seitenschiff
meiner Einsamkeit?
Sieh, ich erkannte sie
nahte mich, wandte sie
meinem Gesichte zu.
Seele, unscheinbare
oh, wie du staunend warst,
die du mir offenbarst
das Unausweinbare.
Sprich in der Nacht zu mir –
nicht mit der Rede sprich
(Worte die wissen wir),
aber wir wollen dich

geben an Seiendes
und durch Entzweiendes
mit dir hinübergehn
in ein befreiendes
weilendes Weltgeschehn.
Seele, oh dass ich dich
sänge, du steigende.
Dass ich ein Schweigen um deine schweigende
Mitte erhübe,
dass meine Trübe
zerrisse und Fänge von Licht
dich griffen: oh wisse
das Gleichgewicht, rührende Seele.

I*

Ich hielt mich überoffen, ich vergaß,
dass draußen nicht nur Dinge sind und voll
in sich gewohnte Tiere, deren Aug
aus ihres Lebens Rundung anders nicht
hinausreicht als ein eingerahmtes Bild;
dass ich in mich mit allem immerfort
Blicke hineinriss: Blicke, Meinung, Neugier.

* Drei Gedichte an Lou Andreas-Salomé

Wer weiß, es bilden Augen sich im Raum
und wohnen bei. Ach nur zu dir gestürzt,
ist mein Gesicht nicht ausgestellt, verwächst
in dich und setzt sich dunkel
unendlich fort in dein geschütztes Herz.

II*

Wie man ein Tuch vor angehäuften Atem,
nein: wie man es an eine Wunde presst,
aus der das Leben ganz, in einem Zug,
hinauswill, hielt ich dich an mich: ich sah,
du wurdest rot von mir. Wer spricht es aus,
was uns geschah? Wir holten jedes nach,
wozu die Zeit nie war. Ich reifte seltsam
in jedem Antrieb übersprungner Jugend,
und du, Geliebte, hattest irgendeine
wildeste Kindheit über meinem Herzen.

III*

Entsinnen ist da nicht genug, es muss
von jenen Augenblicken pures Dasein

auf meinem Grunde sein, ein Niederschlag
der unermesslich überfüllten Lösung.
Denn ich *gedenke* nicht, das, was ich *bin*
rührt mich um deinetwillen. Ich erfinde
dich nicht an traurig ausgekühlten Stellen,
von wo du wegkamst; selbst, dass du nicht da bist,
ist warm von dir und wirklicher und mehr
als ein Entbehren. Sehnsucht geht zu oft
ins Ungenaue. Warum soll ich mich
auswerfen, während mir vielleicht dein Einfluss
leicht ist, wie Mondschein einem Platz am Fenster.

Blicke hielten mich hin, Sterne: ich sollte nicht merken
dass du immer nicht kamst

Narziss

Narziss verging. Von seiner Schönheit hob
sich unaufhörlich seines Wesens Nähe,
verdichtet wie der Duft vom Heliotrop.
Ihm aber war gesetzt, dass er sich sähe.

Er liebte, was ihm ausging, wieder ein
und war nicht mehr im offnen Wind enthalten
und schloss entzückt den Umkreis der Gestalten
und hob sich auf und konnte nicht mehr sein.

Narziss

Dies also: dies geht von mir aus und löst
sich in der Luft und im Gefühl der Haine,
entweicht mir leicht und wird nicht mehr das Meine
und glänzt, weil es auf keine Feindschaft stößt.

Dies hebt sich unaufhörlich von mir fort,
ich will nicht weg, ich warte, ich verweile;
doch alle meine Grenzen haben Eile,
stürzen hinaus und sind schon dort.

Und selbst im Schlaf. Nichts bindet uns genug.
Nachgiebige Mitte in mir, Kern voll Schwäche,
der nicht sein Fruchtfleisch anhält. Flucht, o Flug
von allen Stellen meiner Oberfläche.

Was sich dort bildet und mir sicher gleicht
und aufwärts zittert in verweinten Zeichen,
das mochte so in einer Frau vielleicht
innen entstehn; es war nicht zu erreichen,

wie ich danach auch drängend in sie rang.
Jetzt liegt es offen in dem teilnahmslosen
zerstreuten Wasser, und ich darf es lang
anstaunen unter meinem Kranz von Rosen.

Dort ist es nicht geliebt. Dort unten drin
ist nichts, als Gleichmut überstürzter Steine,
und ich kann sehen, wie ich traurig bin.
War dies mein Bild in ihrem Augenscheine?

Hob es sich so in ihrem Traum herbei
zu süßer Furcht? Fast fühl ich schon die ihre.
Denn, wie ich mich in meinem Blick verliere:
ich könnte denken, dass ich tödlich sei.

Ich bins, Nachtigall, ich, den du singst,
hier, mir im Herzen, wird diese Stimme Gewalt,
nicht länger vermeidlich

Nun wachen wir mit den Erinnerungen
und halten das Gesicht an das, was war;
flüsternde Süße, die uns einst durchdrungen,
sitzt schweigend neben mit gelöstem Haar

WAS, GELIEBTE, bist
du nicht einer unter den Sternen?
Dass ich dächte, du kämst
nach der Abende schwankendem Übergang
sicher herauf,
mir maßlos
Schauendem kenntlich an Ferne und Licht.

NICHT, WIE du ihn nennst, wird
    er dem Herzen gewaltig.
Liebende: wie du dich rührst
    bildest du dringend ihn aus.

IST SCHMERZ, sobald an eine neue Schicht
die Pflugschar reicht, die sicher eingesetzte,
ist Schmerz nicht gut? Und welches ist der letzte,
der uns in allen Schmerzen unterbricht?

Wie viel ist aufzuleiden. Wann war Zeit,
das andre, leichtere Gefühl zu leisten?
Und doch erkenn ich, besser als die meisten
einst Auferstehenden, die Seligkeit.

Einmal nahm ich zwischen meine Hände
dein Gesicht. Der Mond fiel darauf ein.
Unbegreiflichster der Gegenstände
unter überfließendem Gewein.

Wie ein williges, das still besteht,
beinah war es wie ein Ding zu halten.
Und doch war kein Wesen in der kalten
Nacht, das mir unendlicher entgeht.

O da strömen wir zu diesen Stellen,
drängen in die kleine Oberfläche
alle Wellen unsres Herzens,
Lust und Schwäche,
und wem halten wir sie schließlich hin?

Ach dem Fremden, der uns missverstanden,
ach dem andern, den wir niemals fanden,
denen Knechten, die uns banden,
Frühlingswinden, die damit entschwanden,
und der Stille, der Verliererin.

O Leben Leben, wunderliche Zeit
von Widerspruch zu Widerspruche reichend
im Gange oft so schlecht so schwer so schleichend
und dann auf einmal, mit unsäglich weit

entspannten Flügeln, einem Engel gleichend:
O unerklärlichste, o Lebenszeit.

Von allen großgewagten Existenzen
kann eine glühender und kühner sein?
Wir stehn und stemmen uns an unsre Grenzen
und reißen ein Unkenntliches herein,
....

Die Getrennten

Immer noch verlieren die Getrennten,
was sie ganz nicht fassten, Ding um Ding,
da sie zitternd ihre Zeit umfing.
Ach es brach aus allen Elementen.
Und, ganz hoch, der Flug der wilden Enten,
der durch *ihre* Himmel ging.

Wo vermöchte einer aufzuleben
Flut und Einfluss einer Liebes-Zeit?
Denn allein schon das, von weit,
erste Zueinanderschweben
kannte keine Fülle neben
seiner vollen Herrlichkeit.

Und so bleiben, die sich nicht mehr trugen,
sich verlierend älter im Verlust:
immer weiter rinnt durch alle Fugen
unbekanntes Glück aus ihrer Brust.

Mensch ist der, der grenzenlos verliert:
aus dem Blicke, aus dem Schluss der Hände
und aus seiner armen Wände
unbeteiligtem Geviert.

LEICHT VERFÜHRT sich der Gott zur Umarmung. Ihn triebe
Duft eines Lächelns in den erschrockenen Schoß.
Die uns steigend bestürzt, die entzückte, die Liebe
ist immer völlig in ihm. Unendliches Los
jener, zu denen er sich wie ein Morgen entschließt,
überall anbricht für sie und sie strahlend genießt.

Wolke er wühlte aus dir, und heftig und blinkend
fiel sein Inhalt im Gold. Und wie zürnig im Stier
nahm der Wagende zu; blind im Gefieder ertrinkend
eines schlagenden Schwans entließ er an ihr
Ströme des Daseins, überzählige Sterne
schleudernd ins scheue Bereich, und Geschlechter der Ferne.
....

In sich blätternder Hain,
einzelnes menschliches Leben,
kannst du es näher umgeben?
kannst du ihm inniger sein
als eine Liebende? Ach.
Weinend durchwandelt dich einer –
sei ihm befreundet, du reiner,
sei ihm geneigter, gib nach.

Du im Voraus
verlorne Geliebte, Nimmergekommene,
nicht weiß ich, welche Töne dir lieb sind.
Nicht mehr versuch ich, dich, wenn das Kommende wogt,
zu erkennen. Alle die großen
Bilder in mir, im Fernen erfahrene Landschaft,
Städte und Türme und Brücken und un-
vermutete Wendung der Wege
und das Gewaltige jener von Göttern
einst durchwachsenen Länder:
steigt zur Bedeutung in mir
deiner, Entgehende, an.

Ach, die Gärten bist du,
ach, ich sah sie mit solcher
Hoffnung. Ein offenes Fenster
im Landhaus –, und du tratest beinahe

mir nachdenklich heran. Gassen fand ich, –
du warst sie gerade gegangen,
und die Spiegel manchmal der Läden der Händler
waren noch schwindlich von dir und gaben erschrocken
mein zu plötzliches Bild. – Wer weiß, ob derselbe
Vogel nicht hinklang durch uns
gestern, einzeln, im Abend?

Flutet mir in diese trübe Reise
Deines Herzens warme Bahn entgegen?
Nur noch Stunden und ich werde leise
meine Hände in die Deinen legen:
o wie lange ruhten sie nicht aus.
Kannst Du Dir denn denken, dass ich Jahre
so: ein Fremder unter Fremden fahre?
Und nun endlich nimmst Du mich nach Haus.

Siehst du, selbst um das Gestirn zu schauen,
brauchts ein kleines irdisches Beruhn,
denn Vertrauen kommt nur aus Vertrauen,
Alles Wohltun ist ein *Wieder*tun.
Ach die Nacht verlangte nichts von mir.
Doch wenn ich mich zu den Sternen kehrte,
der Versehrte an das Unversehrte:
Worauf stand ich? War ich hier?

Ach wie Wind durchging ich die Gesträuche,
jedem Haus entdrang ich wie ein Rauch,
wo sich andre freuten in Gebräuche
blieb ich strenge wie ein fremder Brauch.
Meine Hände gingen schreckhaft ein
in der andern schicksalvolle Schließung;
Alle, alle *mehrte* die Ergießung:
und ich konnte nur *vergossen* sein

Oh wie fühl ich still zu dir hinüber,
oh wie gehen mir von deinem Bild
steigende Gefühle flutend über.
Ungeheuer ist mein Herz gewillt.

In dem Raume, den ich in mich schaute
aus dem Weltraum und dem Wind am Meer,
gehst du, unbegreifliche Vertraute,
wie sein eigenstes Geschöpf umher.

Nun erst schließ ich, ach nach wie viel Zeiten
meine Augen über mir; nun mag
keine Sehnsucht mehr mich überschreiten;
denn vollendeter wird Nacht und Tag.

Schau ich aber leise auf, so heilt
mir die Welt am milderen Gesichte –,

oh so war ja doch: dass ich verzichte,
allen Engeln noch nicht mitgeteilt.

OH WIE schälst du mein Herz aus den Schalen des Elends.
Was verriet dir im schlechten Gehäus den erhaltenen Kern?
Der süß wie Gestirn, weltsüß, mir im Inneren ansteht.
Ach, da ich litt, befiel ihn ein schläferndes Wachstum,
da mir das Leiden schweigend die Glieder zerbrach
schlief mir im Herzen ein Herz, ein künftiges, schuldlos.
Eines, oh sieh: noch weiß ich nicht welches, noch rat ichs,
dieses vermutete Herz. Ihm galten die Sterne
die ich dem trüberen gab. Oh sei ihm hinüber
durch meine bange Natur. Sei ihm verständigt. Erkenns.
Rufs. Du Erstaunende, rufs. Stell ihm ein kleines
Lächeln zunächst, dass es sich rührt von dem Schein;
neig ihm dein schönes Gesicht: den Raum des Erwachens
dass es sich wundert in Dir und sich des Morgens gewöhnt.

HEUTE WILL ich dir zu Liebe Rosen
fühlen, Rosen fühlen dir zu Liebe,
dir zu Liebe heute lange lange
nicht gefühlte Rosen fühlen: Rosen.

Alle Schalen sind gefüllt; sie liegen
in sich selber, jede hundert Male, –

wie von Talen angefüllte Tale
liegen sie in sich und überwiegen.

So unsäglich wie die Nacht
überwiegen sie den Hingegebnen,
wie die Sterne über Ebnen
überstürzen sie mit Pracht.
Rosennacht, Rosennacht.

Nacht aus Rosen, Nacht aus vielen vielen
hellen Rosen, helle Nacht aus Rosen,
Schlaf der tausend Rosenaugenlider:
heller Rosen-Schlaf, ich bin dein Schläfer.

Heller Schläfer deiner Düfte; tiefer
Schläfer deiner kühlen Innigkeiten.
Wie ich mich dir schwindend überliefer
hast du jetzt mein Wesen zu bestreiten;

sei mein Schicksal aufgelöst
in das unbegreifliche Beruhen,
und der Trieb, sich aufzutuen,
wirke, der sich nirgends stößt.

Rosenraum, geboren in den Rosen,
in den Rosen heimlich auferzogen,
und aus offnen Rosen zugegeben
groß wie Herzraum: dass wir auch nach draußen
fühlen dürfen in dem Raum der Rosen.

Sehet ein Ding, das vielfach umwunden.
Keiner geht durch die verbundene Welt
einzeln. Immer ist ihm in herrlichen
Abständen das Herz umstellt.
Immer ist er in Händen, die zu fassen wissen.
Hingerissen ist er in hinreißenden Händen,
oder er ruht mit den Gegenständen
ein ruhender. Es sei denn er fiele
von Händen zu Händen: denn die Spiele
des Alls sind unendliche.

Ausgesetzt auf den Bergen des Herzens. Siehe, wie klein dort,
siehe: die letzte Ortschaft der Worte, und höher,
aber wie klein auch, noch ein letztes
Gehöft von Gefühl. Erkennst du's?
Ausgesetzt auf den Bergen des Herzens. Steingrund
unter den Händen. Hier blüht wohl
einiges auf; aus stummem Absturz
blüht ein unwissendes Kraut singend hervor.
Aber der Wissende? Ach, der zu wissen begann
und schweigt nun, ausgesetzt auf den Bergen des Herzens.
Da geht wohl, heilen Bewusstseins,
manches umher, manches gesicherte Bergtier,
wechselt und weilt. Und der große geborgene Vogel
kreist um der Gipfel reine Verweigerung. – Aber
ungeborgen, hier auf den Bergen des Herzens ....

Sind wirs, Lulu, sind wirs? Oder grüßen
sich in uns entgangene Gestalten?
Durch die Herzen, die wir offen halten,
geht der Gott mit Flügeln an den Füßen,

jener, weißt du, der die Dichter nimmt;
eh sie noch von ihrem Wesen wissen,
hat er sie erkannt und hingerissen
und zum Unermessenen bestimmt.

Einem Gott nur ist die Macht gegeben,
das noch Ungewollte zu entwirrn.
Wie die Nacht mit zweien Tagen neben
steht er plötzlich zwischen unsern Leben
voll von zögerndem Gestirn.

In uns beide ruft er nach dem Dichter.
Und da glühst du leise und ich glühe.
Und er wirft uns durch der Angesichter
Klärungen die Vögel seiner Frühe.

Lass mich nicht an deinen Lippen trinken,
denn an Munden trank ich mir Verzicht.
Lass mich nicht in deine Arme sinken,
denn mich fassen Arme nicht.

EINMAL NOCH kam zu dem Ausgesetzten,
der auf seines Herzens Bergen ringt,
Duft der Täler. Und er trank den letzten
Atem wie die Nacht die Winde trinkt.
Stand und trank den Duft, und trank und kniete
noch ein Mal.
Über seinem steinigen Gebiete
war des Himmels atemloses Tal
ausgestürzt. Die Sterne pflücken nicht
Fülle, die die Menschenhände tragen,
schreiten schweigend, wie durch Hörensagen
durch ein weinendes Gesicht.

SIEHE, ICH wusste es sind
solche, die nie den gemeinsamen Gang
lernten zwischen den Menschen;
sondern der Aufgang in plötzlich
entatmete Himmel
war ihr Erstes. Der Flug
durch der Liebe Jahrtausende
ihr Nächstes, Unendliches.

Eh sie noch lächelten
weinten sie schon vor Freude;
eh sie noch weinten
war die Freude schon ewig.

Frage mich nicht
wie lange sie fühlten; wie lange
sah man sie noch? Denn unsichtbare sind
unsägliche Himmel
über der inneren Landschaft.

Eines ist Schicksal. Da werden die Menschen
sichtbarer. Stehn wie Türme. Verfalln.
Aber die Liebenden gehn
über der eignen Zerstörung
ewig hervor; denn aus dem Ewigen
ist kein Ausweg. Wer widerruft
Jubel?

O WIE sind die Lauben unsrer Schmerzen
dicht geworden. Noch vor wenig Jahren
hätten wir für unsre wunderbaren
Herzen nicht so dunkeln Schutz gefunden.

Winde hätten von den Liebesmunden
uns die stillen Flammen hingerissen,
und es wäre aus den ungewissen
Stunden kühler Schein in uns gefallen.

Aber hinter unsern Schmerzen, allen
immer höhern, immer dichtern
Schmerzen, brennen wir mit windstillen
Gesichtern.

Durch den plötzlich schönen Garten trägst du,
trägst du, Tragendste der Trägerinnen,
mir das ganz vergossne Herz zum Brunnen.

Und ich steh indessen mit dem deinen
unerschöpflichen in diesem schönen,
dem unendlich aufgefühlten Garten.

Wie ein Knabe steht mit seinen künftig
starken Gaben, sie noch nicht beginnend,
halt ich die Begabung deines Herzens.

Und du gehst indessen mit dem meinen
an den Brunnen. Aber um uns beide
sind wir selber dieser schöne Garten.

Sieh, was sind wir nicht? Wir sind die Sterne,
welche diesen Garten nachts erwidern,
und das Dunkel um die hohen Sterne.

Sind die Flüsse in den fremden Ländern,
sind der Länder Berge, und dahinter
sind wir wieder eine nächste Weite.

Einzeln sind wir Engel nicht; zusammen
bilden wir den Engel unsrer Liebe:
ich den Gang, du seines Mundes Jugend.

NÄCHTENS WILL ich mit dem Engel reden,
ob er meine Augen anerkennt.
Wenn er plötzlich fragte: Schaust du Eden?
Und ich müsste sagen: Eden brennt

Meinen Mund will ich zu ihm erheben,
hart wie einer, welcher nicht begehrt.
Und der Engel spräche: Ahnst du Leben?
Und ich müsste sagen: Leben zehrt

Wenn er jene Freude in mir fände,
die in seinem Geiste ewig wird, –
und er hübe sie in seine Hände,
und ich müsste sagen: Freude irrt

Wo die Wurzeln ihrer Liebe ringen
in dem Dunkel alter Unterlagen,
bei den Sagen der Gefühle sind die
Liebenden, die wachsen, nie gewesen.

Stehen beide in dem einen Stamme,
in der Rinde ihres Loses. Heben
Leben in die Flamme. Geben
rein sich weiter in den eignen Wipfel.

O vermöchten sie, sich in dem leichten
obersten Gezweig zu scheiden scheinbar.
Hingereichten an den hergereichten
Himmeln ist die Trennung nicht mehr weinbar.

Aus der Trübe müder Überdrüsse
reißt, die wir einander bebend bringen,
uns die Botschaft. Welche? Wir vergingen –
Ach wann waren Worte diese Küsse?

Diese Küsse waren einmal Worte;
stark gesprochen an der Tür ins Freie
zwangen sie die Pforte.
Oder waren diese Küsse Schreie ..

Schreie auf so schönen Hügeln, wie sie
deine Brüste sind. Der Himmel schrie sie
in den Jugendjahren seiner Stürme.

Wie die Vögel, welche an den großen
Glocken wohnen in den Glockenstühlen,
plötzlich von erdröhnenden Gefühlen
in die Morgenluft gestoßen
und verdrängt in ihre Flüge
Namenszüge
ihrer schönen
Schrecken um die Türme schreiben:

können wir bei diesem Tönen
nicht in unsern Herzen bleiben
– – – – – – – – – – – – – – – – – – – –
– – – – – – – – – – – – – – – – – – – –

Immer wieder, ob wir der Liebe Landschaft auch kennen
und den kleinen Kirchhof mit seinen klagenden Namen
und die furchtbar verschweigende Schlucht, in welcher die anderen
enden: immer wieder gehn wir zu zweien hinaus
unter die alten Bäume, lagern uns immer wieder
zwischen die Blumen, gegenüber dem Himmel.

Nur das Geräusch, indem er das nächste Stück Stummsein
abbricht vom Schweigengebirg

Rühre einer die Welt: dass sie ihm stürze ins tiefe
fassende Bild; und sein Herz wölbe sich drüber als Ruh.

An die Musik

Musik: Atem der Statuen. Vielleicht:
Stille der Bilder. Du Sprache wo Sprachen
enden. Du Zeit,
die senkrecht steht auf der Richtung vergehender Herzen.

Gefühle zu wem? O du der Gefühle
Wandlung in was? –: in hörbare Landschaft.
Du Fremde: Musik. Du uns entwachsener
Herzraum. Innigstes unser,
das, uns übersteigend, hinausdrängt, –
heiliger Abschied:
da uns das Innre umsteht
als geübteste Ferne, als andre
Seite der Luft:
rein,
riesig,
nicht mehr bewohnbar.

Wie Kindheit nach uns langt und sich beruft,
dass *wir* das waren, die sie ernstgenommen.
Zwar haben wir uns von ihr fortgestuft,
doch sie stieg mit und kann unendlich kommen

aus jedem Zögern zwischen uns und den
uns zugetrauten und doch fremden Dingen.
Sagt nicht die Stimme, dass wir nur bestehn,
weil wir im Kindsein maßlos untergingen?

Von dorther einzig sind wir anverwandt
dem ganzen Ahnen und der Überlegung
entwachsen, die uns eng zu leben zwingt.

Sind Stelle, wo sich Herz und Stern durchdringt,
und irgendwie geliebter Gegenstand
in einer Welt aus Vorrat, Nacht und Regung.

Für Fräulein Hedwig Zapf

Wir wenden uns an das, was uns nicht weiß:
an Bäume, die uns traumvoll übersteigen,
an jedes Für-sich-sein, an jedes Schweigen –
doch grade dadurch schließen wir den Kreis,

der über alles, was uns nicht gehört,
zu uns zurück, ein immer Heiles, mündet.
O dass ihr, Dinge, bei den Sternen stündet!
Wir leben hin und haben nichts gestört ....

Sonett

O wenn ein Herz, längst wohnend im Entwöhnen,
von aller Kunft und Zuversicht getrennt,
erwacht und plötzlich hört, wie man es nennt:
»Du Überfluss, Du Fülle alles Schönen!«

Was soll es tun? Wie sich dem Glück versöhnen,
das endlich seine Hand und Wange kennt?
Schmerz zu verschweigen war sein Element,
nun zwingt das Liebes-Staunen es, zu tönen.

Hier tönt ein Herz, das sich im Gram verschwieg,
und zweifelt, ob ihm dies zu Recht gebühre:
so reich zu sein in seiner Armut Sieg.

Wer *hat* denn Fülle? Wer verteilt das Meiste? –
Wer so verführt, dass er ganz weit verführe:
Denn auch der Leib ist leibhaft erst im Geiste.

Wie ist doch alles weit ins Bild gerückt,
Wir staunens an und nennen es: das Wahre.
Und wandeln uns mit ihm im Gang der Jahre.
Und doch ist unsichtbar, was uns entzückt.

Drum sorge nicht, ob du etwa verlörst.
Das Herz reicht weiter als die letzte Ferne.
Wenn du die eigne Stimme steigen hörst,
so singt die Welt, so klingen deine Sterne.

Wie doch im Wort die Flamme herrlich bleibt.
Die Zeit geht hin und kann sie nicht verwehen.
Nur dass ihr Gang auch uns, wenn wir geschehen,
ins Innre dieser Wort-Gestalten treibt.

Wie waren sie verwirrt, die jungen Büglerinnen
wenn ich vorüber kam, den Weg zu dir,
zwar wars die Gasse, doch mein Weg war innen
und wie in Innres schauten alle vier.

Ach Alle, die mich sahn, wenn ich zu dir ging, glaube,
sie leben noch davon, von meinem Blick, der schien,
vom Wind in meinem Gehn, von meinem Blütenstaube,
der in ihr Staunen trieb –, sie fassten ihn.

Schöne Aglaja, Freundin meiner Gefühle,
unser Frohsein erreichte den Lerchenschlag
oben im Morgen. Lass uns nicht fürchten die Kühle
abends nach unserm Sommertag.

Kurve der Liebe, lass sie uns zeichnen. Ihr Steigen
soll uns unendlich rühmlich sein.
Aber auch später, wenn sie sich neigt –: wie eigen.
Wie deine feine Braue so rein.

Palermo 1862

Haï-Kaï

Kleine Motten taumeln schauernd quer aus dem Buchs;
sie sterben heute Abend und werden nie wissen,
dass es nicht Frühling war.

Dass Demut je in Stolzsein überschlüge –,
o Zauber aller Zauber –: wie geschähs?
Was wird aus stolzer Demut? Wird sie Lüge? –
Nein: sie wird Überfluss – und der Genüge
am Überfluss das herrlichste Gefäß.

Wenn es ein Herz zu jener Stille bringt,
die Dingen eigen ist, zu reinem Warten,
wird es (mitten im Schicksal) unbedingt
und schuldlos offen: siehe: wie ein Garten,
dem, hingegeben, dass er gibt, gelingt.

Wir, in den ringenden Nächten,
wir fallen von Nähe zu Nähe;
und wo die Liebende taut,
sind wir ein stürzender Stein.

Duineser Elegien

Die erste Elegie

Wer, wenn ich schriee, hörte mich denn aus der Engel
Ordnungen? und gesetzt selbst, es nähme
einer mich plötzlich ans Herz: ich verginge von seinem
stärkeren Dasein. Denn das Schöne ist nichts
als des Schrecklichen Anfang, den wir noch grade ertragen,
und wir bewundern es so, weil es gelassen verschmäht,
uns zu zerstören. Ein jeder Engel ist schrecklich.
Und so verhalt ich mich denn und verschlucke den Lockruf

dunkelen Schluchzens. Ach, wen vermögen
wir denn zu brauchen? Engel nicht, Menschen nicht,
und die findigen Tiere merken es schon,
dass wir nicht sehr verlässlich zu Haus sind
in der gedeuteten Welt. Es bleibt uns vielleicht
irgendein Baum an dem Abhang, dass wir ihn täglich
wiedersähen; es bleibt uns die Straße von gestern
und das verzogene Treusein einer Gewohnheit,
der es bei uns gefiel, und so blieb sie und ging nicht.
O und die Nacht, die Nacht, wenn der Wind voller Weltraum
uns am Angesicht zehrt –, wem bliebe sie nicht, die ersehnte,
sanft enttäuschende, welche dem einzelnen Herzen
mühsam bevorsteht. Ist sie den Liebenden leichter?
Ach, sie verdecken sich nur mit einander ihr Los.
Weißt du's *noch* nicht? Wirf aus den Armen die Leere
zu den Räumen hinzu, die wir atmen; vielleicht dass die Vögel
die erweiterte Luft fühlen mit innigerm Flug.

Ja, die Frühlinge brauchten dich wohl. Es muteten manche
Sterne dir zu, dass du sie spürtest. Es hob
sich eine Woge heran im Vergangenen, oder
da du vorüberkamst am geöffneten Fenster,
gab eine Geige sich hin. Das alles war Auftrag.
Aber bewältigtest du's? Warst du nicht immer
noch von Erwartung zerstreut, als kündigte alles
eine Geliebte dir an? (Wo willst du sie bergen,
da doch die großen fremden Gedanken bei dir
aus und ein gehn und öfters bleiben bei Nacht.)

Sehnt es dich aber, so singe die Liebenden; lange
noch nicht unsterblich genug ist ihr berühmtes Gefühl.
Jene, du neidest sie fast, Verlassenen, die du
so viel liebender fandst als die Gestillten. Beginn
immer von neuem die nie zu erreichende Preisung;
denk: es erhält sich der Held, selbst der Untergang war ihm
nur ein Vorwand, zu sein: seine letzte Geburt.
Aber die Liebenden nimmt die erschöpfte Natur
in sich zurück, als wären nicht zweimal die Kräfte,
dieses zu leisten. Hast du der Gaspara Stampa
denn genügend gedacht, dass irgendein Mädchen,
dem der Geliebte entging, am gesteigerten Beispiel
dieser Liebenden fühlt: dass ich würde wie sie?
Sollen nicht endlich uns diese ältesten Schmerzen
fruchtbarer werden? Ist es nicht Zeit, dass wir liebend
uns vom Geliebten befrein und es bebend bestehn:
wie der Pfeil die Sehne besteht, um gesammelt im Absprung
mehr zu sein als er selbst. Denn Bleiben ist nirgends.

Stimmen, Stimmen. Höre, mein Herz, wie sonst nur
Heilige hörten: dass sie der riesige Ruf
aufhob vom Boden; sie aber knieten,
Unmögliche, weiter und achtetens nicht:
So waren sie hörend. Nicht, dass du *Gottes* ertrügest
die Stimme, bei weitem. Aber das Wehende höre,
die ununterbrochene Nachricht, die aus Stille sich bildet.
Es rauscht jetzt von jenen jungen Toten zu dir.
Wo immer du eintratst, redete nicht in Kirchen

zu Rom und Neapel ruhig ihr Schicksal dich an?
Oder es trug eine Inschrift sich erhaben dir auf,
wie neulich die Tafel in Santa Maria Formosa.
Was sie mir wollen? leise soll ich des Unrechts
Anschein abtun, der ihrer Geister
reine Bewegung manchmal ein wenig behindert.

Freilich ist es seltsam, die Erde nicht mehr zu bewohnen,
kaum erlernte Gebräuche nicht mehr zu üben,
Rosen, und andern eigens versprechenden Dingen
nicht die Bedeutung menschlicher Zukunft zu geben;
das, was man war in unendlich ängstlichen Händen,
nicht mehr zu sein, und selbst den eigenen Namen
wegzulassen wie ein zerbrochenes Spielzeug.
Seltsam, die Wünsche nicht weiterzuwünschen. Seltsam,
alles, was sich bezog, so lose im Raume
flattern zu sehen. Und das Totsein ist mühsam
und voller Nachholn, dass man allmählich ein wenig
Ewigkeit spürt. – Aber Lebendige machen
alle den Fehler, dass sie zu stark unterscheiden.
Engel (sagt man) wüssten oft nicht, ob sie unter
Lebenden gehn oder Toten. Die ewige Strömung
reißt durch beide Bereiche alle Alter
immer mit sich und übertönt sie in beiden.

Schließlich brauchen sie uns nicht mehr, die Früheentrückten,
man entwöhnt sich des Irdischen sanft, wie man den Brüsten
milde der Mutter entwächst. Aber wir, die so große

Geheimnisse brauchen, denen aus Trauer so oft
seliger Fortschritt entspringt –: *könnten* wir sein ohne sie?
Ist die Sage umsonst, dass einst in der Klage um Linos
wagende erste Musik dürre Erstarrung durchdrang;
dass erst im erschrockenen Raum, dem ein beinah göttlicher Jüngling
plötzlich für immer enttrat, das Leere in jene
Schwingung geriet, die uns jetzt hinreißt und tröstet und hilft.

Die zweite Elegie

Jeder Engel ist schrecklich. Und dennoch, weh mir,
ansing ich euch, fast tödliche Vögel der Seele,
wissend um euch. Wohin sind die Tage Tobiae,
da der Strahlendsten einer stand an der einfachen Haustür,
zur Reise ein wenig verkleidet und schon nicht mehr furchtbar;
(Jüngling dem Jüngling, wie er neugierig hinaussah).
Träte der Erzengel jetzt, der gefährliche, hinter den Sternen
eines Schrittes nur nieder und herwärts: hochaufschlagend
erschlüg uns das eigene Herz. Wer seid ihr?

Frühe Geglückte, ihr Verwöhnten der Schöpfung,
Höhenzüge, morgenrötliche Grate
aller Erschaffung, – Pollen der blühenden Gottheit,
Gelenke des Lichtes, Gänge, Treppen, Throne,
Räume aus Wesen, Schilde aus Wonne, Tumulte
stürmisch entzückten Gefühls und plötzlich, einzeln,

Spiegel: die die entströmte eigene Schönheit
wiederschöpfen zurück in das eigene Antlitz.

Denn wir, wo wir fühlen, verflüchtigen; ach wir
atmen uns aus und dahin; von Holzglut zu Holzglut
geben wir schwächern Geruch. Da sagt uns wohl einer:
ja, du gehst mir ins Blut, dieses Zimmer, der Frühling
füllt sich mit dir … Was hilfts, er kann uns nicht halten,
wir schwinden in ihm und um ihn. Und jene, die schön sind,
o wer hält sie zurück? Unaufhörlich steht Anschein
auf in ihrem Gesicht und geht fort. Wie Tau von dem Frühgras
hebt sich das Unsre von uns, wie die Hitze von einem
heißen Gericht. O Lächeln, wohin? O Aufschaun:
neue, warme, entgehende Welle des Herzens –;
weh mir: wir *sinds* doch. Schmeckt denn der Weltraum,
in den wir uns lösen, nach uns? Fangen die Engel
wirklich nur Ihriges auf, ihnen Entströmtes,
oder ist manchmal, wie aus Versehen, ein wenig
unseres Wesens dabei? Sind wir in ihre
Züge soviel nur gemischt wie das Vage in die Gesichter
schwangerer Frauen? Sie merken es nicht in dem Wirbel
ihrer Rückkehr zu sich. (Wie sollten sie's merken.)

Liebende könnten, verstünden sie's, in der Nachtluft
wunderlich reden. Denn es scheint, dass uns alles
verheimlicht. Siehe, die Bäume *sind*; die Häuser,
die wir bewohnen, bestehn noch. Wir nur
ziehen allem vorbei wie ein luftiger Austausch.

Und alles ist einig, uns zu verschweigen, halb als
Schande vielleicht und halb als unsägliche Hoffnung.

Liebende, euch, ihr in einander Genügten,
frag ich nach uns. Ihr greift euch. Habt ihr Beweise?
Seht, mir geschiehts, dass meine Hände einander
inne werden oder dass mein gebrauchtes
Gesicht in ihnen sich schont. Das gibt mir ein wenig
Empfindung. Doch wer wagte darum schon zu *sein*?
Ihr aber, die ihr im Entzücken des anderen
zunehmt, bis er euch überwältigt
anfleht: nicht *mehr* –; die ihr unter den Händen
euch reichlicher werdet wie Traubenjahre;
die ihr manchmal vergeht, nur weil der andre
ganz überhand nimmt: euch frag ich nach uns. Ich weiß,
ihr berührt euch so selig, weil die Liebkosung verhält,
weil die Stelle nicht schwindet, die ihr, Zärtliche,
zudeckt; weil ihr darunter das reine
Dauern verspürt. So versprecht ihr euch Ewigkeit fast
von der Umarmung. Und doch, wenn ihr der ersten
Blicke Schrecken besteht und die Sehnsucht am Fenster,
und den ersten gemeinsamen Gang, *ein* Mal durch den Garten:
Liebende, *seid* ihrs dann noch? Wenn ihr einer dem andern
euch an den Mund hebt und ansetzt –: Getränk an Getränk:
o wie entgeht dann der Trinkende seltsam der Handlung.

Erstaunte euch nicht auf attischen Stelen die Vorsicht
menschlicher Geste? war nicht Liebe und Abschied

so leicht auf die Schultern gelegt, als wär es aus anderm
Stoffe gemacht als bei uns? Gedenkt euch der Hände,
wie sie drucklos beruhen, obwohl in den Torsen die Kraft steht.
Diese Beherrschten wussten damit: so weit sind wirs,
dieses ist unser, uns *so* zu berühren; stärker
stemmen die Götter uns an. Doch dies ist Sache der Götter.

Fanden auch wir ein reines, verhaltenes, schmales
Menschliches, einen unseren Streifen Fruchtlands
zwischen Strom und Gestein. Denn das eigene Herz übersteigt uns
noch immer wie jene. Und wir können ihm nicht mehr
nachschaun in Bilder, die es besänftigen, noch in
göttliche Körper, in denen es größer sich mäßigt.

Die siebente Elegie

Werbung nicht mehr, nicht Werbung, entwachsene Stimme,
sei deines Schreies Natur; zwar schrieest du rein wie der Vogel,
wenn ihn die Jahreszeit aufhebt, die steigende, beinah vergessend,
dass er ein kümmerndes Tier und nicht nur ein einzelnes Herz sei,
das sie ins Heitere wirft, in die innigen Himmel. Wie er, so
würbest du wohl, nicht minder –, dass, noch unsichtbar,
dich die Freundin erführ, die stille, in der eine Antwort
langsam erwacht und über dem Hören sich anwärmt, –
deinem erkühnten Gefühl die erglühte Gefühlin.

O und der Frühling begriffe –, da ist keine Stelle,
die nicht trüge den Ton der Verkündigung. Erst jenen kleinen
fragenden Auflaut, den, mit steigernder Stille,
weithin umschweigt ein reiner bejahender Tag.
Dann die Stufen hinan, Ruf-Stufen hinan, zum geträumten
Tempel der Zukunft –; dann den Triller, Fontäne,
die zu dem drängenden Strahl schon das Fallen zuvornimmt
im versprechlichen Spiel .... Und vor sich, den Sommer.

Nicht nur die Morgen alle des Sommers –, nicht nur
wie sie sich wandeln in Tag und strahlen vor Anfang.
Nicht nur die Tage, die zart sind um Blumen, und oben,
um die gestalteten Bäume, stark und gewaltig.
Nicht nur die Andacht dieser entfalteten Kräfte,
nicht nur die Wege, nicht nur die Wiesen im Abend,
nicht nur, nach spätem Gewitter, das atmende Klarsein,
nicht nur der nahende Schlaf und ein Ahnen, abends ...
sondern die Nächte! Sondern die hohen, des Sommers,
Nächte, sondern die Sterne, die Sterne der Erde.
O einst tot sein und sie wissen unendlich,
alle die Sterne: denn wie, wie, wie sie vergessen!

Siehe, da rief ich die Liebende. Aber nicht *sie* nur
käme ... Es kämen aus schwächlichen Gräbern
Mädchen und ständen ... Denn, wie beschränk ich,
wie, den gerufenen Ruf? Die Versunkenen suchen
immer noch Erde. – Ihr Kinder, ein hiesig
einmal ergriffenes Ding gälte für viele.

Glaubt nicht, Schicksal sei mehr, als das Dichte der Kindheit;
wie überholtet ihr oft den Geliebten, atmend,
atmend nach seligem Lauf, auf nichts zu, ins Freie.

Hiersein ist herrlich. Ihr wusstet es, Mädchen, *ihr* auch,
die ihr scheinbar entbehrtet, versankt –, ihr, in den ärgsten
Gassen der Städte, Schwärende, oder dem Abfall
Offene. Denn eine Stunde war jeder, vielleicht nicht
ganz eine Stunde, ein mit den Maßen der Zeit kaum
Messliches zwischen zwei Weilen –, da sie ein Dasein
hatte. Alles. Die Adern voll Dasein.
Nur, wir vergessen so leicht, was der lachende Nachbar
uns nicht bestätigt oder beneidet. Sichtbar
wollen wirs heben, wo doch das sichtbarste Glück uns
erst zu erkennen sich gibt, wenn wir es innen verwandeln.

Nirgends, Geliebte, wird Welt sein, als innen. Unser
Leben geht hin mit Verwandlung. Und immer geringer
schwindet das Außen. Wo einmal ein dauerndes Haus war,
schlägt sich erdachtes Gebild vor, quer, zu Erdenklichem
völlig gehörig, als ständ es noch ganz im Gehirne.
Weite Speicher der Kraft schafft sich der Zeitgeist, gestaltlos
wie der spannende Drang, den er aus allem gewinnt.
Tempel kennt er nicht mehr. Diese, des Herzens, Verschwendung
sparen wir heimlicher ein. Ja, wo noch eins übersteht,
ein einst gebetetes Ding, ein gedientes, geknietes –,
hält es sich, so wie es ist, schon ins Unsichtbare hin.
Viele gewahrens nicht mehr, doch ohne den Vorteil,
dass sie's nun *innerlich* baun, mit Pfeilern und Statuen, größer!

Jede dumpfe Umkehr der Welt hat solche Enterbte,
denen das Frühere nicht und noch nicht das Nächste gehört.
Denn auch das Nächste ist weit für die Menschen. *Uns* soll
dies nicht verwirren; es stärke in uns die Bewahrung
der noch erkannten Gestalt. – Dies *stand* einmal unter Menschen,
mitten im Schicksal stands, im vernichtenden, mitten
im Nichtwissen-Wohin stand es, wie seiend, und bog
Sterne zu sich aus gesicherten Himmeln. Engel,
dir noch zeig ich es, *da!* in deinem Anschaun
steh es gerettet zuletzt, nun endlich aufrecht.
Säulen, Pylone, der Sphinx, das strebende Stemmen,
grau aus vergehender Stadt oder aus fremder, des Doms.

War es nicht Wunder? O staune, Engel, denn *wir* sinds,
wir, o du Großer, erzähls, dass wir solches vermochten, mein Atem
reicht für die Rühmung nicht aus. So haben wir dennoch
nicht die Räume versäumt, diese gewährenden, diese
unseren Räume. (Was müssen sie fürchterlich groß sein,
da sie Jahrtausende nicht unseres Fühlns überfülln.)
Aber ein Turm war groß, nicht wahr? O Engel, er war es, –
groß, auch noch neben dir? Chartres war groß –, und Musik
reichte noch weiter hinan und überstieg uns. Doch selbst nur
eine Liebende –, oh, allein am nächtlichen Fenster ....
reichte sie dir nicht ans Knie –?

Glaub *nicht*, dass ich werbe.
Engel, und würb ich dich auch! Du kommst nicht. Denn mein
Anruf ist immer voll Hinweg; wider so starke
Strömung kannst du nicht schreiten. Wie ein gestreckter

Arm ist mein Rufen. Und seine zum Greifen
oben offene Hand bleibt vor dir
offen, wie Abwehr und Warnung,
Unfasslicher, weitauf.

Die Sonette an Orpheus

Erster Teil

I

Da stieg ein Baum. O reine Übersteigung!
O Orpheus singt! O hoher Baum im Ohr!
Und alles schwieg. Doch selbst in der Verschweigung
ging neuer Anfang, Wink und Wandlung vor.

Tiere aus Stille drangen aus dem klaren
gelösten Wald von Lager und Genist;
und da ergab sich, dass sie nicht aus List
und nicht aus Angst in sich so leise waren,

sondern aus Hören. Brüllen, Schrei, Geröhr
schien klein in ihren Herzen. Und wo eben
kaum eine Hütte war, dies zu empfangen,

ein Unterschlupf aus dunkelstem Verlangen
mit einem Zugang, dessen Pfosten beben, –
da schufst du ihnen Tempel im Gehör.

VII

Rühmen, das ists! Ein zum Rühmen Bestellter,
ging er hervor wie das Erz aus des Steins
Schweigen. Sein Herz, o vergängliche Kelter
eines den Menschen unendlichen Weins.

Nie versagt ihm die Simme am Staube,
wenn ihn das göttliche Beispiel ergreift.
Alles wird Weinberg, alles wird Traube,
in seinem fühlenden Süden gereift.

Nicht in den Grüften der Könige Moder
straft ihm die Rühmung lügen, oder
dass von den Göttern ein Schatten fällt.

Er ist einer der bleibenden Boten,
der noch weit in die Türen der Toten
Schalen mit rühmlichen Früchten hält.

IX

Nur wer die Leier schon hob
auch unter Schatten,
darf das unendliche Lob
ahnend erstatten.

Nur wer mit Toten vom Mohn
aß, von dem ihren,
wird nicht den leisesten Ton
wieder verlieren.

Mag auch die Spieglung im Teich
oft uns verschwimmen:
Wisse das Bild.

Erst in dem Doppelbereich
werden die Stimmen
ewig und mild.

XIX

Wandelt sich rasch auch die Welt
wie Wolkengestalten,
alles Vollendete fällt
heim zum Uralten.

Über dem Wandel und Gang,
weiter und freier,
währt noch dein Vor-Gesang,
Gott mit der Leier.

Nicht sind die Leiden erkannt,
nicht ist die Liebe gelernt,
und was im Tod uns entfernt,

ist nicht entschleiert.
Einzig das Lied überm Land
heiligt und feiert.

XXI

Frühling ist wiedergekommen. Die Erde
ist wie ein Kind, das Gedichte weiß;
viele, o viele .... Für die Beschwerde
langen Lernens bekommt sie den Preis.

Streng war ihr Lehrer. Wir mochten das Weiße
an dem Barte des alten Manns.
Nun, wie das Grüne, das Blaue heiße,
dürfen wir fragen: sie kanns, sie kanns!

Erde, die frei hat, du glückliche, spiele
nun mit den Kindern. Wir wollen dich fangen,
fröhliche Erde. Dem Frohsten gelingts.

O, was der Lehrer sie lehrte, das Viele,
und was gedruckt steht in Wurzeln und langen
schwierigen Stämmen: sie singts, sie singts!

XXII

Wir sind die Treibenden.
Aber den Schritt der Zeit,
nehmt ihn als Kleinigkeit
im immer Bleibenden.

Alles das Eilende
wird schon vorüber sein;
denn das Verweilende
erst weiht uns ein.

Knaben, o werft den Mut
nicht in die Schnelligkeit,
nicht in den Flugversuch.

Alles ist ausgeruht:
Dunkel und Helligkeit,
Blume und Buch.

Zweiter Teil

I

Atmen, du unsichtbares Gedicht!
Immerfort um das eigne
Sein rein eingetauschter Weltraum. Gegengewicht,
in dem ich mich rhythmisch ereigne.

Einzige Welle, deren
allmähliches Meer ich bin;
sparsamstes du von allen möglichen Meeren, –
Raumgewinn.

Wie viele von diesen Stellen der Räume waren schon
innen in mir. Manche Winde
sind wie mein Sohn.

Erkennst du mich, Luft, du, voll noch einst meiniger Orte?
Du, einmal glatte Rinde,
Rundung und Blatt meiner Worte.

VI

Rose, du thronende, denen im Altertume
warst du ein Kelch mit einfachem Rand.
Uns aber bis du die volle zahllose Blume,
der unerschöpfliche Gegenstand.

In deinem Reichtum scheinst du wie Kleidung um Kleidung
um einen Leib aus nichts als Glanz;
aber dein einzelnes Blatt ist zugleich die Vermeidung
und die Verleugnung jedes Gewands.

Seit Jahrhunderten ruft uns dein Duft
seine süßesten Namen herüber;
plötzlich liegt er wie Ruhm in der Luft.

Dennoch, wir wissen ihn nicht zu nennen, wir raten …
Und Erinnerung geht zu ihm über,
die wir von rufbaren Stunden erbaten.

XII

Wolle die Wandlung. O sei für die Flamme begeistert,
drin sich ein Ding dir entzieht, das mit Verwandlungen prunkt;
jener entwerfende Geist, welcher das Irdische meistert,
liebt in dem Schwung der Figur nichts wie den wendenden Punkt.

Was sich ins Bleiben verschließt, schon *ists* das Erstarrte;
wähnt es sich sicher im Schutz des unscheinbaren Grau's?
Warte, ein Härtestes warnt aus der Ferne das Harte.
Wehe –: abwesender Hammer holt aus!

Wer sich als Quelle ergießt, den erkennt die Erkennung;
und sie führt ihn entzückt durch das heiter Geschaffne,
das mit Anfang oft schließt und mit Ende beginnt.

Jeder glückliche Raum ist Kind oder Enkel von Trennung,
den sie staunend durchgehn. Und die verwandelte Daphne
will, seit sie lorbeern fühlt, dass du dich wandelst in Wind.

XIII

Sei allem Abschied voran, als wäre er hinter
dir, wie der Winter, der eben geht.
Denn unter Wintern ist einer so endlos Winter,
dass, überwinternd, dein Herz überhaupt übersteht.

Sei immer tot in Eurydike –, singender steige,
preisender steige zurück in den reinen Bezug.
Hier, unter Schwindenden, sei, im Reiche der Neige,
sei ein klingendes Glas, das sich im Klang schon zerschlug.

Sei – und wisse zugleich des Nicht-Seins Bedingung,
den unendlichen Grund deiner innigen Schwingung,
dass du sie völlig vollziehst dieses einzige Mal.

Zu dem gebrauchten sowohl, wie zum dumpfen und stummen
Vorrat der vollen Natur, den unsäglichen Summen,
zähle dich jubelnd hinzu und vernichte die Zahl.

XXVII

Gibt es wirklich die Zeit, die zerstörende?
Wann, auf dem ruhenden Berg, zerbricht sie die Burg?
Dieses Herz, das unendlich den Göttern gehörende,
wann vergewaltigts der Demiurg?

Sind wir wirklich so ängstlich Zerbrechliche,
wie das Schicksal uns wahr machen will?
Ist die Kindheit, die tiefe, versprechliche,
in den Wurzeln – später – still?

Ach, das Gespenst des Vergänglichen,
durch den arglos Empfänglichen
geht es, als wär es ein Rauch.

Als die, die wir sind, als die Treibenden,
gelten wir doch bei bleibenden
Kräften als göttlicher Brauch.

XXIX

Stiller Freund der vielen Fernen, fühle,
wie dein Atem noch den Raum vermehrt.
Im Gebälk der finstern Glockenstühle
lass dich läuten. Das, was an dir zehrt,

wird ein Starkes über dieser Nahrung.
Geh in der Verwandlung aus und ein.
Was ist deine leidendste Erfahrung?
Ist dir Trinken bitter, werde Wein.

Sei in dieser Nacht aus Übermaß
Zauberkraft am Kreuzweg deiner Sinne,
ihrer seltsamen Begegnung Sinn.

Und wenn dich das Irdische vergaß,
zu der stillen Erde sag: Ich rinne.
Zu dem raschen Wasser sprich: Ich bin.

Was hat uns der Gott für ein Staunen geschenkt,
ein großes Staunen aus Gold.
Ob einer es in die Erde versenkt
oder ins Meer verrollt,

es bleibt das Staunen vom ersten Tag
das große Staunen aus Gold,
sooft es in grässlichen Gräbern lag
kein Wurm hat es jemals gewollt

Denk: Sie hätten vielleicht aneinander erfahren,
welches die teilbaren Wunder sind –.
Doch da er sich langsam verrang an den alternden Jahren,
war sie die Künftige erst, ein kommendes Kind.

Sie, vielleicht –, *sie*, die da ging und mit Freundinnen spielte,
hat er im knabigen schon, im Erahnen, ersehnt,
wissend das schließende Herz, das ihn völlig enthielte,
und nun trennt sie ein Nichts, ein verfünftes Jahrzehnt.

Oh du ratloser Gott, du betrogener Hymen,
wie du die Fackel nach abwärts kehrst,
weil sie ihm Asche warf an die grauende Schläfe.

Soll er klagend vergehn und die Beginnende rühmen?
Oder sein stillster Verzicht, wird er sie erst
machen zu jener Gestalt, die ihn ganz überträfe?

Wir hören seit lange die Brunnen mit.
Sie klingen uns beinah wie Zeit.
Aber sie halten viel eher Schritt
mit der wandelnden Ewigkeit.

Das Wasser ist fremd und das Wasser ist dein,
von hier und *doch* nicht von hier.
Eine Weile bist du der Brunnenstein,
und es spiegelt die Dinge in dir.

Wie ist das alles entfernt und verwandt
und lange enträtselt und unerkannt,
sinnlos und wieder voll Sinn.

Dein ist, zu lieben, was du nicht weißt.
Es nimmt dein geschenktes Gefühl und reißt
es mit sich hinüber. Wohin?

LASS UNS Legenden der Liebe hören.
Zeig uns ihr kühnes köstliches Leid.
Wo sie im Recht war, war alles Beschwören,
hier ist das meiste verleugneter Eid.

TRÄNENKRÜGLEIN

Andere fassen den Wein, andere fassen die Öle
in dem gehöhlten Gewölb, das ihre Wandung umschrieb.
Ich, als ein kleineres Maß, und als schlankestes, höhle
mich einem andern Bedarf, stürzenden Tränen zulieb.

Wein wird reicher, und Öl klärt sich noch weiter im Kruge.
Was mit den Tränen geschieht? – Sie machten mich schwer,
machten mich blinder und machten mich schillern am Buge,
machten mich brüchig zuletzt und machten mich leer.

STARKER STERN, der nicht den Beistand braucht,
den die Nacht den andern mag gewähren,
die erst dunkeln muss, dass sie sich klären.
Stern, der schon vollendet, untertaucht,

wenn Gestirne ihren Gang beginnen
durch die langsam aufgetane Nacht.
Großer Stern der Liebes-Priesterinnen,
der, von eigenem Gefühl entfacht,

bis zuletzt verklärt und nie verkohlend,
niedersinkt, wohin die Sonne sank:
tausendfachen Aufgang überholend
mit dem reinen Untergang.

SCHWEIGEN. WER inniger schwieg,
rührt an die Wurzeln der Rede.
Einmal wird ihm dann jede
erwachsene Silbe zum Sieg:

über das, was im Schweigen nicht schweigt,
über das höhnische Böse;
dass es sich spurlos löse,
ward ihm das Wort gezeigt.

GIB DEINEM Herzen ein Zeichen,
dass die Winde sich drehn.
Hoffnung ist ohnegleichen
wenn sie die Göttlichen sehn.

Richte dich auf und verharre
still in dem großen Bezug;
leise löst sich das Starre,
milde schwindet der Bug.

Risse entstehn im Verhängnis
das du lange bewohnt,
und in das dichte Gefängnis
flößt sich ein fühlender Mond.

Nein, ich vergesse dich nicht,
was ich auch werde,
liebliches zeitiges Licht,
Erstling der Erde.

Alles, was du versprachst,
hat sie gehalten,
seit du das Herz mir erbrachst
ohne Gewalten.

Flüchtigste frühste Figur,
die ich gewahrte:
nur weil ich Stärke erfuhr,
rühm ich das Zarte.

Wandle Staubgefäss um Staubgefäß,
fülle deine innerliche Rose

Vergänglichkeit

Flugsand der Stunden. Leise fortwährende Schwindung
auch noch des glücklich gesegneten Baus.
Leben weht immer. Schon ragen ohne Verbindung
die nicht mehr tragenden Säulen heraus.

Aber Verfall: ist er trauriger, als der Fontäne
Rückkehr zum Spiegel, den sie mit Schimmer bestaubt?
Halten wir uns dem Wandel zwischen die Zähne,
dass er uns völlig begreift in sein schauendes Haupt.

Wir sollen nicht wissen, warum
dieses und jenes uns meistert;
wirkliches Leben ist stumm,
nur, dass es uns begeistert,

macht uns mit ihm vertraut

Weisst du noch: fallende Sterne, die
quer wie Pferde durch die Himmel sprangen
über plötzlich hingehaltne Stangen
unsrer Wünsche – hatten wir so viele? –
denn es sprangen Sterne, ungezählt;
fast ein jeder Aufblick war vermählt
mit dem raschen Wagnis ihrer Spiele,
und das Herz empfand sich als ein Ganzes
unter diesen Trümmern ihres Glanzes
und war heil, als überstünd es sie!

An der sonngewohnten Straße, in dem
hohlen halben Baumstamm, der seit lange
Trog ward, eine Oberfläche Wasser
in sich leis erneuernd, still' ich meinen
Durst: des Wassers Heiterkeit und Herkunft
in mich nehmend durch die Handgelenke.
Trinken schiene mir zu viel, zu deutlich;
aber diese wartende Gebärde
holt mir helles Wasser ins Bewusstsein.

Also, kämst du, braucht ich, mich zu stillen,
nur ein leichtes Anruhn meiner Hände,
sei's an deiner Schulter junge Rundung,
sei es an den Andrang deiner Brüste.

Erste Antwort für Erika Mitterer

»Alles, was froh ist, ist ganz.«

Dass Du bist genügt. Ob ich nun wäre,
lass es zwischen uns in Schwebe sein.
Wirklichkeit ist wahr in ihrer Sphäre;
schließlich schließt das ganz Imaginäre
alle Stufen der Verwandlung ein.

Wär ich auch der abgetanste Tote,
da Du mich erkanntest, war ich da;
folgend Deinem innern Aufgebote,
nahm ich leise teil an Deinem Brote:
Du ernährtest mich, und ich geschah …

Soll mich nun dafür der Zweifel ätzen,
ob *Du* wirklich bist, die zu mir spricht?
Ach, wie wir das Unbekannte schätzen:
nur zu rasch, aus Gleich- und Gegensätzen,
bildet sich ein liebes Angesicht!

Die Liebenden
(Erika und Melitta)

I

Bist du's? Oh sei's!
Wandle dich, wenn du's nicht bist,
werde, was keiner vergisst,
bieg mir den Kreis.

Lauter Beweis
geht von dir aus. Meine Arme sind
aufgeschlagen von deinem Wind.
Bist du's? Oh sei's!

Zeig dich mir leis,
so wie Musik, die man wiedererkennt,
durch die Luft, die sie bringt, von ihr getrennt …
Bist du's? Oh sei's!

Flamme und Eis
schließen dich ein wie ein einziger Brand.
Siehe, ich warte abgewandt:
Bist du's? Oh sei's!

II

Spielt mit Spiegeln der Gott?
Blenden uns jagende Scheine?
Ist dies Glänzen das Deine,
oder sein spielender Spott?

Aufglänzt dein klares Gefühl,
stürm ich wie Wind deine Türe –,
doch wenn ichs glühend berühre,
scheint es mir kühl.

III

Ach, wie bist du dennoch, Wunderbare,
mir im Innersten verhundertfacht:
Jahreszeit im längsten meiner Jahre,
dunkler Tag und helle Nacht.

Neue Blumen riefest du aus meiner
jungen Erde, die sich dir ergab,
niemals öffneten sich Kelche reiner
als geweckt von deinem Zauberstab.

Meine Vögel bauten nicht, sie sangen …
Oh bewahre mir den schönsten Schrei:
Dass in dir dem wagenden Verlangen
reines Maß gegeben sei.

IV

Wie viel Abschied ward uns beigebracht,
jedes Mal sooft wir uns begrüßten,
wie viel Morgen war in unsrer süßsten
Nacht gelöst und übertraf die Nacht.

Alles ist den Liebenden verteilter,
jeder Teil hat Glanz des Gegenteils;
Glücke stürzen sich mit übereilter
Sorge in die Bahn des nächsten Pfeils.

Doch der Gott zeigt niemals zwei Gesichter
und hat nicht Gefallen am Verrat,
nur: er ist ein Bringer und Verzichter,
und sein Mund hat beides gleich bejaht.

V

Etwas vom Munde des Gotts
spiegelt im Mund der Geliebten
zwischen Tröstung und Trotz.

Dieser unsägliche Zug,
spiegelnd im Mund der Geliebten,
macht sie ihm ähnlich genug.

VI

Wie Kinder, wenn sie genügend versteckt sind im Spiel,
im gewählten Versteck fürchten und wünschen zugleich,
dennoch gefunden zu sein:
also müsstest du mich, hinter dir selber, Geliebte,
zwiefach erwarten. Oh, das Gefundensein,
wenn dann die ganze
Angst der Verborgenheit, dieses verschworene Eins-Sein
mit Verduckung und Schutz
umschlägt und, als zu lang schon
heuchelnd verhaltene Lust, den erhofftesten Schrecken,
selig, der Findung vermehrt.

Lockt dich nicht so viel Sichtbarkeit? Denk:
aus dem jubelnden Zugriff des Andern
plötzlich, Überfluss, übergehn! …

VII

Was der Mann mitbrächte an Habgier,
diese Spur Mord, ist nicht zwischen uns, Schwester.
Nichts von dem gefährlich verwandelten
Hasse des Andern, der uns beneidet

um Unerreichbarkeit. Wir, wir, Geliebte,
Gleiche im innigen Anderssein,
wir erfüllen einander das Unerfüllbare
ganz ohne Täuschung, leise es tauschend.

VIII

Auf der Flucht ins Unsichtbare,
die uns alle vorüberreißt,
dieses reine Verweilen,
das nach dir heißt.

In dem immer Verlieren,
darin alles uns flieht,
dieses wache Behalten,
das dich sieht.

Wie man einen Grabstein liest,
les ich meinen Lebens-Stein:
Weil du so schön geschiehst,
will ich sein.

NEIN, DU sollst mir nicht verfallen sein
in den schwülen Liebeszimmern;
sieh, wie meine Wege ziehn und schimmern
in dem Glanz von Deinem Feuerschein.

Komm, Gefangene, ans schöne Fenster,
das mein Zeilengitter überspannt:
ein, von Deiner Seligkeit ergänzter
Himmel nimmt dahinter überhand.

Ihn den sehnend Liebenden zu zeigen,
wandte ich manch klares Angesicht …
Aber, ach, wie wäre er mein eigen:
ihn versprechen darf ich nicht.

Halb ruf ich Dich, halb halt ich Dich von mir,
dass ich den schönen Zauber nicht verstöre;
ich sag mir, wenn ich Deine Pulse höre:
bist Du nicht hier?

Was liegt an Deinem oder meinem Ort?
Sooft Du mich empfängst in Deinem Innern,
erschrocken wie durch künftiges Erinnern –:
bin ich nicht dort?

Ach, im Wind gelöst,
wie viel vergebliche Wiederkehr.
Manches, was uns verstößt,
tut hinterher,
wenn wir vorüber sind,
ratlos die Arme auf.
Denn es gibt keinen Lauf
zurück. Alles hebt uns hinaus,
und das spät offene Haus
bleibt leer.

Irgendwo blüht die Blume des Abschieds und streut
immerfort Blütenstaub, den wir atmen, herüber;
auch noch im kommendsten Wind atmen wir Abschied.

So lass uns Abschied nehmen wie zwei Sterne
durch jenes Übermaß von Nacht getrennt,
das eine Nähe ist, die sich an Ferne
erprobt und an dem Fernsten sich erkennt.

Ach, nicht getrennt sein,
nicht durch so wenig Wandung
ausgeschlossen vom Sternen-Maß.
Innres, was ists?
Wenn nicht gesteigerter Himmel,
durchworfen mit Vögeln und tief
von Winden der Heimkehr.

Rose, oh reiner Widerspruch, Lust,
Niemandes Schlaf zu sein unter soviel
Lidern.

Aber versuchtest du dies: Hand in der Hand mir zu sein
wie im Weinglas der Wein Wein ist.
Versuchtest du dies.

Früher, wie oft, blieben wir, Stern in Stern,
wenn aus dem Sternbild der freiste,
jener Sprech-Stern hervortrat und rief.
Stern in Stern staunten wir,
Er, der Sprecher des Stern-Bilds,
ich, meines Lebens Mund,
Nebenstern meines Augs.
Und die Nacht, wie gewährte sie uns
die durchwachte Verständigung.

Spiele

Hier ist ein Spiel von Frag und Antwort, das,
alt wie es ist, uns nicht mehr kümmern sollte.
Ein kleiner Liebes-Würfel fiel und rollte
und zeigte eine Zahl … Man wurde blass

und warf ihn wieder und noch einmal aus …
Da fiel der kleine Würfel durch die Platte
des Tisches durch und fiel durchs ganze Haus
der Schwerkraft zu, die ihn gezogen hatte.

Dass wir dem Fallen etwas unterschieben,
macht seinen Niederfall erst leserlich.
Glaub an den Tisch, so zeigt der Würfel: Sieben.

Glaub an ihn selbst, weil ihn das Schicksal heiligt.
Nimm doppelt teil: denn er ist unbeteiligt,
und sagst du Du, so sagt er niemals Ich.

Ankunft

In einer Rose steht dein Bett, Geliebte. Dich selber
(oh ich Schwimmer wider die Strömung des Dufts)
hab ich verloren. So wie dem Leben zuvor
diese (von außen nicht messbar) dreimal drei Monate sind,
so, nach innen geschlagen, werd ich erst *sein*. Auf einmal,
zwei Jahrtausende vor jenem neuen Geschöpf,
das wir genießen, wenn die Berührung beginnt,
plötzlich: gegen dir über, werd ich im Auge geboren.

Elegie

an Marina Zwetajewa-Efron

O die Verluste ins All, Marina, die stürzenden Sterne!
Wir vermehren es nicht, wohin wir uns werfen, zu welchem
Sterne hinzu! Im Ganzen ist immer schon alles gezählt.
So auch, wer fällt, vermindert die heilige Zahl nicht.
Jeder verzichtende Sturz stürzt in den Ursprung und heilt.
Wäre denn alles ein Spiel, Wechsel des Gleichen, Verschiebung,

nirgends ein Name und kaum irgendwo heimisch Gewinn?
Wellen, Marina, wir Meer! Tiefen, Marina, wir Himmel.
Erde, Marina, wir Erde, wir tausendmal Frühling, wie Lerchen,
die ein ausbrechendes Lied in die Unsichtbarkeit wirft.
Wir beginnens als Jubel, schon übertrifft es uns völlig;
plötzlich, unser Gewicht dreht zur Klage abwärts den Sang.
Aber auch so: Klage? Wäre sie nicht: jüngerer Jubel nach unten.
Auch die unteren Götter wollen gelobt sein, Marina.
So unschuldig sind Götter, sie warten auf Lob wie die Schüler.
Loben, du Liebe, lass uns verschwenden mit Lob.
Nichts gehört uns. Wir legen ein wenig die Hand um die Hälse
ungebrochener Blumen. Ich sah es am Nil in Kôm-Ombo.
So, Marina, die Spende, selber verzichtend, opfern die Könige.
Wie die Engel gehen und die Türen bezeichnen jener zu Rettenden,
also rühren wir dieses und dies, scheinbar Zärtliche, an.
Ach wie weit schon Entrückte, ach, wie Zerstreute, Marina,
auch noch beim innigsten Vorwand. Zeichengeber, sonst nichts.
Dieses leise Geschäft, wo es der Unsrigen einer
nicht mehr erträgt und sich zum Zugriff entschließt,
rächt sich und tötet. Denn dass es tödliche Macht hat,
merkten wir alle an seiner Verhaltung und Zartheit
und an der seltsamen Kraft, die uns aus Lebenden zu
Überlebenden macht. Nicht-Sein. Weißt du's, wie oft
trug uns ein blinder Befehl durch den eisigen Vorraum
neuer Geburt … Trug: *uns*? Einen Körper aus Augen
unter zahllosen Lidern sich weigernd. Trug das in uns
niedergeworfene Herz eines ganzen Geschlechts. An ein Zugvogelziel
trug er die Gruppe, das Bild unserer schwebenden Wandlung.

Liebende dürften, Marina, dürfen soviel nicht
von dem Untergang wissen. Müssen wie neu sein.
Erst ihr Grab ist alt, erst ihr Grab besinnt sich, verdunkelt
unter dem schluchzenden Baum, besinnt sich auf Jeher.
Erst ihr Grab bricht ein; sie selber sind biegsam wie Ruten;
was übermäßig sie biegt, ründet sie reichlich zum Kranz.
Wie sie verwehen im Maiwind! Von der Mitte des Immer,
drin du atmest und ahnst, schließt sie der Augenblick aus.
(O wie begreif ich dich, weibliche Blüte am gleichen
unvergänglichen Strauch. Wie streu ich mich stark in die Nachtluft,
die dich nächstens bestreift.) Frühe erlernten die Götter
Hälften zu heucheln. Wir in das Kreisen bezogen
füllten zum Ganzen uns an wie die Scheibe des Monds.
Auch in abnehmender Frist, auch in den Wochen der Wendung
niemand verhülfe uns je wieder zum Vollsein, als der
einsame eigene Gang über der schlaflosen Landschaft.

Da mit dem ersten Händereichen schon
hast du dich rein mir in die Hand gegeben:
so hört man in dem ersten Orgelton
das ganze Lied sich unaufhaltsam heben.

Das ganze Lied mit Opfer, Wandlung, Sieg.
(Wie ward ich des vergangnen Wartens inne!)
Und wie es mit dem starken Anbeginne
mein Horchen und Gehorchen überstieg.

Wenn Lesen sich auch da als nicht bequem erweist,
sei's ein Begegnen doch mit dieses Geistes Geist.
Aus dem verschlossnen Buch mag soviel übergehn
als wir uns Gegenwart von ferne zugestehn.
Ich sage Gegenwart und meine Gegenwert.
Das Unaussprechliche, das uns von fern vermehrt,
von fern vermindert auch, und fast von ferne bricht:
unwirklicher Besitz und wirklicher Verzicht

Elizabeth Barrett-Browning

Sonette aus dem Portugiesischen

(Übersetzt von Rainer Maria Rilke)

I

Und es geschah mir einst, an Theokrit
zu denken, der von jenen süßen Jahren
gesungen hat und wie sie gütig waren
und gebend und geneigt bei jedem Schritt:

und wie ich saß, antikischem Gedicht
nachsinnend, sah ich durch mein Weinen leise
die süßen Jahre, wie sie sich im Kreise
aufstellten, traurig, diese von Verzicht

lichtlosen Jahre: meine Jahre. Da
stand plötzlich jemand hinter mir und riss
aus diesem Weinen mich an meinem Haar.

Und eine Stimme rief, die furchtbar war:
›Rate, wer hält dich so?‹ – ›Der Tod gewiss.‹
– ›Die Liebe‹ – klang es wider, sanft und nah.

X

Doch Liebe, einfach Liebe, ist sie nicht
schön und des Nehmens wert? Es strahlt die Flamme,
ob Tempel brennen oder Werg. Es bricht
Licht aus dem Abfall und dem Zedernstamme.

Liebe ist Feuer. Und: Ich liebe dich –
– gib acht –: ich liebe dich – wenn ich das sage,
steh ich verwandelt nicht mit einem Schlage
verklärt vor dir? Ich fühle selbst, wie ich

anscheine dein Gesicht. Wo Liebe je
sich niedrig macht, kann sie nicht niedrig werden:
Gott nimmt Geringe an, die sich gebärden

so wie sie sind. Das, was ich fühle, blendet
über dem Dunkeln, das ich bin: ich seh,
wie Liebe wirkend die Natur vollendet.

XX

Geliebter, mein Geliebter, wenn ich denk
vor einem Jahr –: Da saß ich noch wie eh,
und deine Fußspur war noch nicht im Schnee,
und rings das Schweigen war noch ungelenk,

von deiner Stimme nicht geschult. Ich ließ
die langen Ketten langsam, Glied nach Glied,
durch meine Finger gehn, nicht wissend dies:
dass du schon möglich warst. Wie mir geschieht,

da ich des Lebens tiefes Staunen trinke.
Und wunderlich, dass Tag und Nacht von dir
nicht schon erzitterten. Was gaben mir

die weißen Blumen, die du sahst, nicht Winke?
So zugeschlossen sind, die Gott verneinen
für seine Gegenwart. Ich wars der deinen.

XLIII

Wie ich dich liebe? Lass mich zählen wie.
Ich liebe dich so tief, so hoch, so weit,
als meine Seele blindlings reicht, wenn sie
ihr Dasein abfühlt und die Ewigkeit.

Ich liebe dich bis zu dem stillsten Stand,
den jeder Tag erreicht im Lampenschein
oder in Sonne. Frei, im Recht, und rein
wie jene, die vom Ruhm sich abgewandt.

Mit aller Leidenschaft der Leidenszeit
und mit der Kindheit Kraft, die fort war, seit
ich meine Heiligen nicht mehr geliebt.

Mit allem Lächeln, aller Tränennot
und allem Atem. Und wenn Gott es gibt,
will ich dich besser lieben nach dem Tod.

XLIV

Du hast gewusst mir, mein Geliebter, immer
zu allen Zeiten Blumen herzulegen;
als brauchten sie nicht Sonne und nicht Regen,
gediehen sie in meinem engen Zimmer.

Nun lass mich dir unter dem gleichen Zeichen
die hier erwachsenen Gedanken reichen,
die ich in meines Herzens Jahreszeiten
aufzog und pflückte. In den Beeten streiten

Unkraut und Raute. Du hast viel zu jäten;
doch hier ist Efeu, hier sind wilde Rosen.
Nimm sie, wie ich die deinen nahm, als bäten

sie dich, in deine Augen sie zu schließen.
Und sage deiner Seele, dass die losen
in meiner Seele ihre Wurzeln ließen.

Editorische Notiz

Die Gedichte dieses Bandes sind folgenden Ausgaben entnommen:
1. Rainer Maria Rilke: *Werke. Kommentierte Ausgabe in vier Bänden.* Hrsg. von Manfred Engel, Ulrich Fülleborn, Horst Nalewski, August Stahl. Band I: *Gedichte 1895 bis 1910.* Band II: *Gedichte 1910–1926.* Hrsg. von Manfred Engel und Ulrich Fülleborn. Frankfurt am Main: Insel Verlag 1996. – Nach dieser Ausgabe zitiert werden die Gedichte aus den Bänden *Larenopfer, Mir zur Feier, Das Stunden-Buch, Das Buch der Bilder, Neue Gedichte, Der neuen Gedichte anderer Teil* sowie die nachgelassenen Gedichte aus den Jahren 1922–1910 (Band I), *Duineser Elegien, Die Sonette an Orpheus* sowie die nachgelassenen Gedichte aus den Jahren 1910–1926 (Band II).
2. Rainer Maria Rilke: *Die Gedichte.* Nach der von Ernst Zinn besorgten Edition der Sämtlichen Werke. 2. Aufl. Frankfurt am Main: Insel Verlag 1986. – Nach dieser Ausgabe zitiert werden die Gedichte aus den Bänden *Traumgekrönt, Advent* und *Dir zur Feier*, die in der kommentierten Ausgabe nicht enthalten sind.
3. Elizabeth Barrett-Browning: *Sonnets from the Portuguese. Sonette aus dem Portugiesischen.* Übertragen von Rainer Maria Rilke. Leipzig: Insel Verlag 1959.

Die Gedichte entstammen im Einzelnen folgenden Bänden und Gedichtgruppen:

Orthografie und Interpunktion wurden unter Wahrung grammatischer Eigenheiten behutsam auf neue deutsche Rechtschreibung umgestellt.

Verzeichnis der Gedichtüberschriften und -anfänge